中國歷史人物故事系列

風雲人物

管家琪／文・顏銘儀／圖

100位名人召集令 3

人是最迷人的

◎管家琪

有人說，「歷史（History）」這個字，若拆開來看其實就是把「他的（His）」和「故事（story）」兩個單詞做一個組合。所以，什麼是歷史？歷史就是「他的故事」。不過，歷史實際上除了包括男性（他的，His）故事之外，當然也包括女性（她的，Hers）故事，總之，歷史就是「人的故事」。

人，永遠是最迷人的。

幾年前我曾經替幼獅文化公司寫過一套（三本）書，叫做《你一定要知道的100個歷史故事》，是從中華文化上下五千年中挑選100個歷史故事來講述，著重的是事件，這回「中國歷史人物故事」則著重人物，分為《皇上有令—30位帝王點點名》、《萬人之上—30位名相排排坐》和《風雲人物—100位名人召集令 1、2、3》（三本），一共五本。在這套書裡頭，距離我們最遠的是夏朝的伊尹，距今三千多年（西元前1649—前1549年），最近的是民國初年教育家蔡元培（西元1868—1940年）和末代皇帝溥儀（西元1906—1967年）。除了伊尹和周公，其他所有挑選出來的人物都是從春秋戰國時代一直到近代。讓我們從閱讀這些歷史人物的故事來了解歷史。

《風雲人物》將介紹一百位名人，包括十四位名臣武將、二十一位發明家和開拓者；十七位學問家和思想家、十三位文學家；九位神童、十二位藝術大師以及十四位奇女子。《皇上有令》和《萬人之上》則介紹三十位帝王及三十位名相，這兩本所講述的帝王和名相都是按朝代排列，請大家按照順序從頭讀下來，這樣對於中國歷史、對於朝代才會有一個比較清楚的時間概念。讀歷史，是一定要注意時間的，或者說要有敏銳的時間感。

《風雲人物——100位名人召集令3》我們將介紹九位神童、十二位藝術大師和十四位奇女子。按照這套書的慣例，這些風雲人物也都是依他們生活的年代來排序。

需要稍微說明的是，如果單純就「神童」這一個類別，中國歷史上堪稱神童的遠不止我們在這本書裡所介紹的這九位，比方說你可能會覺得「司馬光砸缸」的故事這麼有名，為什麼卻沒有介紹？那是因為我們已經在《風雲人物—100位名人召集令2》中介紹過司馬光（西元1019—1086年）了，關於他小時候機智勇救同伴的故事我們就放在那裡講了。也就是說，這一百位「風雲人物」，是按照人物最重要的定性來歸類，而司馬光在歷史上身為史學家的定位當然遠比神童重要得多，所以我們就把他放在「學問家」裡來介紹。

同樣情況的還有好幾位。關於「奇女子」也是如此；講到中國歷史上的奇女子怎麼可能會沒有武則天（西元624—705年）？然而，由於我們已經在第一本《帝王篇》中介紹過武則天了，所以就不再重覆講述了。

目錄

藝術大師

奇女子

少年政治家

甘羅

（約西元前256年—卒年不詳，戰國時代）

甘羅生活的年代距離我們今天有兩千多年，他是戰國時代的少年政治家。長久以來，在民間一直有「甘羅十二歲為相」的說法，就是說甘羅年僅十二歲就成了丞相，雖然有一點點美化，但也不算太誇張。甘羅實際上是被封為「上卿」，在春秋戰國時期，諸侯國都有「卿」這個官階制度，「卿」又分成上、中、下三個等級，「上卿」的官階在「大夫」之上，地位相當於丞相，這就是為什麼大家會說甘羅被封為丞相的原因。

想像一下那個畫面，一個臉上還帶著明顯稚氣的孩子，居然經常跟一群大人在一起談論國家大事，實在是滿特別的，難怪大家都說甘羅是一個神童。到了西漢時代，偉大的史學家司馬遷（生於西元前145年，卒年不可考）還特別為甘羅立傳，不過是以關於他祖父的附傳記載於《史記》一書當中。

甘羅的祖父，名叫甘茂（生卒年不詳），是戰國時代著名的大臣，本是楚國人，曾經擔任過秦國的丞相，後來因為遭到別人的排擠，被迫逃離秦國，不久就死在了魏國。當祖父出逃的時候，甘羅沒有同行，而是繼續留在秦國，而且很快就投奔到呂不韋（西元前292—前235年）的門下，做了他的才客。「才客」就是才士，是當時針對那些有才學人士的一種美稱，在古代是專指有才華的男子。

縱觀甘羅留下來的故事，首先可以看出他飽讀詩書、知識豐富，因此經常能夠引經據典，信手拈來全是一些有力的例子，讓人無法辯駁，心服口服，否則如果沒有實力，光是憑著伶牙俐齒是不夠的；其次就是他擁有過人的膽識，在出使趙國回來以後，秦王嬴政（也就是後來的秦始皇，西元前259—前210年）對他說：「你的智慧真是超出了你的年齡啊！」然後就將甘羅封為上卿。

值得注意的是，甘羅被封為上卿的時候應該是十四歲，那麼為什麼民間普遍都說他是「十二歲為相」呢？或許是因為他嶄露頭角的時候是十二歲吧。我們現在不妨就來看看甘羅在歷史舞臺上開始發光的那個事件。

秦王嬴政是採取各個擊破的方式陸續消滅了六國，完成統一大業。當時秦國計劃要聯合燕國一起去攻打趙國，打算派名將張唐（生卒年不詳）出使燕

國，然後去燕國做相國，但由於要去燕國必定要經過趙國，而張唐因為之前曾經帶兵攻打過魏國和趙國，為秦國奪取了大片土地，殺了很多人，被趙國人恨之入骨，趙國甚至還曾下令，只要能抓到張唐將賞百里之地，他為了自身的安全，所以藉故推辭，不願前往燕國，這令呂不韋很為難，甘羅知道了便自告奮勇表示要去勸勸張唐。呂不韋原本有些遲疑，但是在甘羅的積極爭取之下，還是同意讓他去試一試。

甘羅一見張唐，馬上就上起歷史課來：「當年武安君白起就是因為不服從應侯范睢要他去攻打趙國的命令，所以後來才會被應侯攆出了咸陽，最後死在了杜郵，現在文信侯的權力比應侯要大得多，如果你敢違抗他的命令，看來死期不遠了！」

這裡我們要稍微解釋一下，白起（生年不詳，卒於西元前257年）也是秦國的大將，因功績顯赫被封為武安君，而范睢（生年不詳，卒於西元前255年）則曾任秦國的宰相，因為封地在應城，所以被稱為「應侯」；「文信侯」是呂不韋。咸陽是秦國的首都。甘羅是用實例來提醒張唐，如果他堅持不肯接受呂不韋的任命出使燕國，只怕下場會跟白起一樣慘，搞不好還會更慘，因為當今呂不韋的政治勢力可是比之前的范睢還要大啊。

張唐聽了，想想覺得很有道理，只好乖乖的接下了任務。接著，甘羅又表示願意先到趙國去為張唐掃清障礙。

到了趙國，見到趙王時，甘羅先問趙王知不知道燕太子丹（生年不詳，卒於西元前226年）到秦國做人質的事，趙王表示聽說過，甘羅又問，那趙王有沒有聽說張唐即將要去燕國任相呢？趙王說「也有所耳聞」，接著，甘羅就開始分析燕太子丹會到秦國來，說明燕國不敢背叛秦國，而張唐即將到燕國任

相，也表示秦國不會欺負燕國，而燕秦兩國如此友好，坦白說沒有別的原因，不過是想攻打趙國而已！因此，甘羅建議趙王：「為了避免日後燕秦聯軍犯境，不如現在您就先送我們五座城邑，讓我們擴大在河間的領地，與此同時我會請求秦王把燕太子丹送回去，再協助您去攻打弱小的燕國。」

趙王聽了以後，感覺這筆生意挺划算，當場就親自劃出五座城邑送給秦國，稍後甘羅回國不久，秦國也果真把燕太子丹送回燕國，於是趙國就有恃無恐的發兵向燕國進攻，奪得了三十幾座城邑，然後分了其中的十一座城邑給秦國。

就這樣，秦國等於不費吹灰之力就得到了十幾座城邑，擴大了在河間一帶的領地，秦王嬴政很是高興，便封賞甘羅擔任上卿，並將甘羅父親原來的田地和房宅也全部都賜給了他。

孔融

中國古代好孩子的代表

（西元153—208年，東漢末年）

如果要整理一個「中國古代好孩子」排行榜，東漢末年著名文學家、「建安七子」之首的孔融，一定是名列前茅。

孔融的好孩子形象一千八百多年以來可以說一直深入人心。中國古代兒童啟蒙讀物《三字經》中「融四歲，能讓梨」，說的就是孔融的故事。而且值得特別強調的是，當時孔融不僅讓哥哥，也讓弟弟；他因為覺得兄長比他大，理當吃較大的梨子；而弟弟又比他小，自己也理當愛護弟弟，怎麼說他都覺得哥哥和弟弟都應該吃比較大的梨子。孔融如此體貼的想法充分流露出對兄弟的友愛。想想看，一個四歲的孩子居然能這麼做，這當然是好孩子了，無怪乎「孔融讓梨」一直都是被當成一個典型的德育故事。

孔融字文舉，魯國（今山東曲阜）人，家學淵源，是孔子（西元前551—前479年）的第二十代子孫。他的七世祖孔霸（生卒年不詳，孔子的第十二世孫）是漢元帝（西元前74—前33年）的老師，官至侍中；而孔霸的兒子孔光（西元前65—西元5年）是西漢後期的大臣。總之，孔融的先祖都相當顯赫。

在孔融小時候，還有一個非常有名的故事。表現出孔融的大氣和機智，長久以來也一直為世人所稱道。

那是在孔融十歲的時候，隨著父親來到洛陽。孔融聽說河南尹李膺（西元110—169年）的名氣很大，不僅是高官，也是當時的名士，就很想去看看李膺。他也不管人家可是一個大人物，怎麼可能輕易見得著；別說當時孔融只是一個小孩子，就算是普通大人，李家的門房也根本不可能通報的。

可是，小小年紀的孔融居然大搖大擺的跑到李膺家，還大模大樣的請人進去通報，自稱是李先生的世家子孫，想來拜訪他。

「世家」一詞最早出自《孟子．滕文公》，指門第高貴、世代為官的人家。孔融這種理所當然的氣派把門房給鎮住了，門房就算有些半信半疑，也不敢置之不理，否則萬一真是一個小貴客，主人怪罪下來可就慘了，於是就乖乖通報，放他進去。

當時，李膺的家裡正好有不少賓客，大家看到居然有一個小孩子跑進來，

都覺得很新鮮。李膺問孔融：「孩子啊，你倒說說看，你的上輩跟我有過什麼交往嗎？」所謂的「上輩」，就是「前輩」，家族中上一代人的意思。結果，孔融不慌不忙的回答：「我的先人孔子，與先生的先人李老君曾經見過面也交談過，互為師友，所以我與先生您當然就是代代世交了啊。」

「李老君」就是老子李耳（約西元前571—約前471年），孔子曾經向老子請教過禮樂制度方面的問題，這可是在史書上有明文記載的。

聽了孔融這番充滿才智的回答，在場的人都感到很驚訝，紛紛讚美道：「真是一個與眾不同的孩子啊。」這時，太中大夫陳韙（生卒年不詳）來了，大家就把剛才發生的事告訴他。陳韙聽了不以為意，說這沒什麼好大驚小怪的，「小時了了，大未必佳」的例子多得是啊，意思是說，小時候很出色的孩子，等到長大以後就不一定會那麼出色了。沒想到孔融的反應真不是普通的快，居然馬上就回應道：「想君小時，必當了了。」就是說，那按照先生您的邏輯，您小時候一定是很出色的了，言下之意自然就是「難怪您現在不怎麼樣啊」，弄得陳韙很下不了臺，非常尷尬。

孔融的父親孔宙（西元103—163年），曾任太山都尉。在孔融十三歲那年，父親過世了，孔融哀痛欲絕，悲痛到需要有人攙扶才站得起來的地步。當時只要是知道這個情況的人，個個都稱讚孔融真的是十分孝順。

書上形容孔融「少有異才，勤奮好學」。在漢獻帝（西元181—234年）即位以後，擔任過北軍中侯、虎賁中郎將、北海相，所以大家都稱他為「孔北海」，後世學者蒐集孔融的詩文作品結集，也叫做《孔北海集》。在這段期間，孔融頗多建樹，包括修城邑、立學校、舉賢才、提倡儒術等等，後來因政績不錯，又兼領青州刺史。

建安元年（西元196年），四十三歲的孔融遭到一大挫折，那就是碰到袁譚（生年不詳，卒於西元205年）率軍來攻北海，孔融與袁譚激戰好幾個月，最終不敵，敗逃山東。袁譚是袁紹（生年不詳，卒於西元202年）的長子，袁紹則是東漢末年的軍閥之一、也可以說是漢末群雄之一。孔融戰敗之後，青州就這樣完全被袁譚所占據。

不過，沒過多久，朝廷還是徵召孔融為官，先要他做將作大匠（掌管宮室修建），後來又調去做少府（為皇室管理私財和生活事務），然後是太中大夫。「太中大夫」是從秦朝開始設置的官，之後幾乎歷代都沿用，負責掌管議論，這個職位似乎還頗適合孔融，因為他本來就喜歡評議時政，言辭往往還頗為激烈，可是後來孔融也終因評議時政觸怒了曹操（西元155—220年）而被殺，享年五十五歲。

當差役上門來拘捕孔融的時候，他兩個才八、九歲的孩子像沒事一樣依然在院子裡玩，絲毫沒有恐懼的樣子。孔融對差役說，希望懲罰只到他為止，能不能就放過兩個孩子呢？這時，其中一個孩子就上前從容的對孔融說：「父親難道看過打翻的鳥巢下面還會有完好無損的蛋嗎？」果然，轉眼間又趕來幾個差役，就是來抓兩個孩子的。孔融不僅自己被處死，全家還都受到了株連，這就是「覆巢之下焉有完卵」的典故。

曹沖

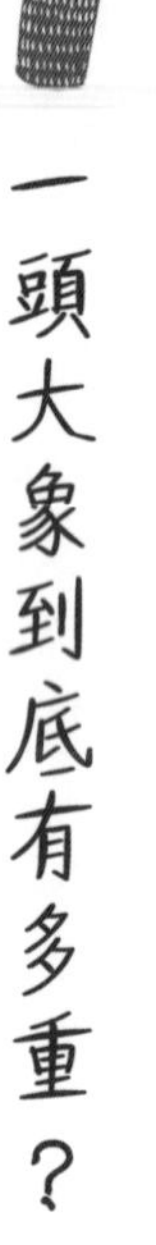

一頭大象到底有多重？

（西元196—208年，東漢末年）

東漢末年，文壇上人才輩出，一般公認最優秀的當屬「三曹」和「建安七子」。所謂「三曹」，就是指曹操（西元155—220年）與他的兩個兒子——曹丕（西元187—226年）和曹植（西元192—232年）。曹操不僅是一位出色的政治家、軍事家，同時也是傑出的文學家，遺有《魏武帝集》，像〈觀滄海〉等等都是他的名篇。

曹丕以〈燕歌行〉著名，曹植則以〈洛神賦〉和〈七步詩〉傳世，尤其是〈七步詩〉──「煮豆燃豆萁，豆在釜中泣。本是同根生，相煎何太急。」──以精妙的比喻，表達出遭到親哥哥嫉恨的傷心和無奈，後來這首在七步之內所作出來的詩（但詩中所描繪的感受一定早就在曹植內心醞釀多時了），不僅打動了哥哥曹丕，使得曹丕終究放下了想要除掉弟弟的念頭（原本他說如果曹植在七步之內無法作出一首詩，就要殺掉他），這首充滿感傷的詩也深深打動了世人。

曹丕後來成了曹魏的開國皇帝。據說曹丕之所以會對弟弟曹植那樣懷恨在心，主要是因為父親看弟弟才高八斗，竟然曾經一度想要將權力傳給弟弟。其實，曹植就算文采出眾，但也不是曹操心目中最理想的繼位人選。那麼誰才是曹操最屬意的接班人呢？答案是曹丕和曹植的弟弟，名叫曹沖。他比曹丕小九歲；比曹植小四歲，是東漢末年有名的神童，不少人都說曹操曾經最想讓他做自己的接班人，可惜曹沖非常短命，僅僅活到十三歲就患急病過世了。

既然是神童，一定非常聰明。曹沖字倉舒，豫州刺史部譙（今安徽亳州）人，是由曹操的小妾所生。從很小的時候就表現出格外聰慧的特質，尤其是敏於觀察，善於思考。據說曹沖在五、六歲的時候，在才智各方面包括理解力等等就已經達到了成年人的水準，相當驚人。關於曹沖的聰明，流傳最廣的故事無疑是「曹沖秤象」。

話說東吳的孫權（西元181—252年）送了一頭大象給曹操。因為很多人都沒看過，大象運到許昌的那一天，非常轟動，大家都跑去看。曹操當然也帶著家人興致勃勃的去了。看著看著，曹操忽然有了一個好奇的念頭，便問道：

「這頭大象可真大啊！到底有多重呢？有什麼辦法可以秤秤看？」

這可把在場眾人全部都考倒了，大家都認為這是一個不可能的任務，要到哪裡去找那麼大的秤啊。這時，小小年紀的曹沖卻想到一個秤大象的好辦法。

首先，曹沖讓人把大象牽到河邊，再把大象帶到一條空船上，船上多了這頭大象之後，船身因為承重自然下沉了一些，然後曹沖命人在船身與水面等齊的地方刻上一道記號。第二步，把大象帶上岸，把船清空，船身一輕自然往上浮；第三步，在船上放石頭，隨著石頭不斷的增加，船身慢慢下沉，直到原先記號的位置，曹沖這才命人停止，表示不用再放石頭了，然後將船上的石頭統統搬上岸，一批批陸續秤重，再把這些重量相加，最後所得出的就是大象的重量。這確實是一個非常聰明的辦法。

曹沖心地非常仁愛，經常暗中幫助別人。有這麼一個小故事——有一回，

曹操的馬鞍在倉庫裡被老鼠啃咬，管理倉庫的吏役發現了以後大驚失色，覺得自己大難臨頭，因為當時的刑罰很重，一點小事就可能人頭落地，何況是曹操的馬鞍被破壞了！吏役愁眉苦臉的想著是不是應該趕快反綁雙手去自首，但又覺得即使這樣恐怕還是難逃一死……就在這時，曹沖知道了事情的經過，就跟這個可憐的吏役說：「不要緊，你等三天之後再去自首，不會有事的。」

接著，曹沖就用刀戳穿自己的衣服，弄成像是被老鼠啃咬過的樣子，然後悶悶不樂的晃到曹操的面前，曹操問他怎麼了，曹沖就一臉發愁的說：「我的衣服被老鼠咬破了！我聽說如果衣服被老鼠咬了就會倒楣的，怎麼辦哪！」

曹操聽了，就慈愛的安慰寶貝兒子，「那都是瞎說，沒有這種事的，放心吧，別在意。」

三天後，管理倉庫的吏役戰戰兢兢、渾身發抖的前來自首。曹操在了解了

情況之後，笑著說：「我兒子穿在身上的衣服都還會被老鼠啃咬，何況是掛在柱子上的馬鞍呢！」一點也沒有要懲罰吏役的意思。吏役就這樣逃過一劫。

曹操經常在群臣面前誇獎讚美曹沖，大有日後將由曹沖繼嗣的意思，萬萬沒有想到曹沖竟然在十三歲的時候得了重病。當時，曹操天天親自為曹沖禱告，希望他能夠好起來，可最後曹沖還是死了，曹操因此非常悲痛。

曹丕不忍看父親那麼傷心，上前試著想要安慰父親，然而，曹操卻流著眼淚，沉痛無比的回應道：「這是我的不幸，卻是你們其他弟兄的幸運啊！」意思無非是說，如果曹沖活得好好的，將來繼位的事哪有你們的份兒，但是現在你們幾個就有機會了！

西元208年這一年應該是曹操備受打擊的一年，一方面他痛失了愛子曹沖，一方面赤壁之戰也是在這一年發生，孫劉聯軍竟然以弱勝強，曹操慘敗之後只

得回到北方，三分天下的態勢就此確立。

絕對音感

蔡文姬

（生卒年不詳，東漢末年——三國時期）

如果你看過2008年日本名偵探柯南劇場版《戰慄的樂譜》，一定會對裡頭提到的一個詞印象深刻，那就是——「絕對音感」。

什麼叫做「絕對音感」？按詞典上的解釋，就是「在聽到某種聲音的瞬間，就知道這種聲音名稱的能力，而且還能準確無誤的立刻辨認出聲音的方位來源」。「中國古代四大才女」之一的蔡文姬就擁有這個聽起來挺神的特殊天賦。

蔡文姬，名琰，「文姬」是她的字，又字昭姬，後來她是以字「文姬」而傳世。她是東漢陳留郡圉縣（今河南開封杞縣）人。父親是東漢著名的文學家和書法家蔡邕（西元133—192年）。

蔡文姬不僅博學能文，精通天文地理，還特別擅長辯才與音律。關於蔡文姬有多擅長音律，有一個發生在她小時候的故事很足以來說明。

蔡文姬六歲的時候，有一天，聽到父親在隔壁大廳中彈琴，聽著聽著居然能察覺出第一根弦被彈斷的聲音。經她指出之後，蔡邕大吃一驚，因為方才他彈得十分專注，沒發現第一根弦居然被自己給彈斷了。

「難道女兒這麼小，音感就已經這麼好了嗎？」蔡邕半信半疑。為了測試

女兒到底是真的這麼厲害還是純屬巧合，稍後蔡邕就故意把第四根弦給弄斷，結果馬上又被蔡文姬給指了出來。這個時候，蔡邕才相信女兒確實在音律方面有過人的天分，《三字經》中「蔡文姬，能辨琴」這一句，說的正是這個故事。「辨」就是判別、區分的意思。

此外，蔡文姬還在歷史上留下一個「文姬歸漢」的典故，與她第二任丈夫有關。

蔡文姬一生嫁過三個男人。第一任丈夫衛仲道（生卒年不詳）所屬的河東世家在當地聲望頗高，衛蔡聯姻算是門當戶對，婚後小倆口的感情也還不錯，可惜好景不長，衛仲道年紀輕輕便病故了。在衛仲道死後，蔡文姬遭到婆家的嫌棄，認為是她剋死了丈夫，蔡文姬一氣之下就跑回了娘家。

這時是東漢末年，在董卓（生年不詳，卒於西元192年）死後，東漢王朝還沒來得及喘口氣，多名部將又攻占長安，形成了軍閥混戰的局面，羌胡番兵也趁機虜掠中原一帶，結果在兵荒馬亂之中，二十三歲的蔡文姬不幸與其他婦女一起被虜回到南匈奴。後來，她嫁給了匈奴左賢王，還生下兩個兒子。（「左賢王」為匈奴的封號，漢朝時匈奴常置這樣的封號。）

蔡文姬就這樣在異域生活了十二年，直到曹操（西元155—220年）陸續平定了北方，把漢獻帝劉協（西元181—234年）從長安迎到許昌，不久又遷都到洛陽，然後自己當上了丞相，開始「挾天子以令諸侯」，這大概是曹操最志得意滿的時候，不禁回想起許多年少時的種種。由於曹操在少年時期曾經是蔡邕的學生，因此當曹操得知恩師的女兒竟然在多年前被虜到南匈奴之後，就立刻派出使者帶著重金去把蔡文姬給贖回來，蔡文姬就這樣回到了中原。這就是書上記載的「文姬歸漢」。

不久，曹操又作主把蔡文姬嫁給一個負責屯田事務的都尉董祀（生卒年不詳），成了蔡文姬的第三任丈夫。

後來，董祀犯了罪被判死刑，在即將行刑的那一天，天氣很冷，蔡文姬不顧一切跑到曹操那兒去為丈夫求情。當時曹操屋子的大廳裡坐滿了賓客，蔡文姬披散著頭髮，赤著腳，十分狼狽又神情哀戚的為丈夫求饒，眾人聽了都為之動容，曹操說：「我很同情你，可是現在判決的文書都已經送出去了，我也無能為力了。」蔡文姬就說：「您這裡有這麼多的猛士，馬廄裡又有上萬匹駿馬，為什麼捨不得讓人騎一匹快馬去追回文書，救一個將死之人呢？」曹操終於被她所感動了，一方面派人去追回文書，一方面也當場賜給蔡文姬頭巾和鞋襪。

稍後，曹操又詢問蔡邕從前四千多餘藏書的下落。當年，董卓被殺之後，蔡邕因為感嘆了幾句，得罪了當時掌權的大臣王允（西元137—192年）而被下獄，不久就死在獄中。在《三國演義》裡頭，就是王允設計挑撥董卓和義子呂布（生年不詳，卒於西元199年）之間的關係，讓呂布背叛了董卓，才能趁機除掉董卓。

父親遭到不幸時，正是蔡文姬被虜到南匈奴的時候，所以她回答曹操，當時因為自己遠離家鄉處境艱難，父親的藏書都沒能保存下來。曹操深感遺憾，又問，那你還能背誦多少呢？蔡文姬說大約四百多篇，曹操一聽，馬上就表示要派十個書吏，由蔡文姬口述，讓這些書吏們抄寫下來，可蔡文姬表示不用，她自己一個人憑著記憶就把那四百多篇文章全部默寫下來。日後人們對照這些文章，發現完全正確無誤。

後來，有感於自己命運多舛，蔡文姬創作了兩首〈悲憤詩〉。同時，在回到故土之後，她還參考胡人聲調，創作了琴曲〈胡笳十八拍〉，聽說聞之令人斷腸。想想小時候屬神童級的才女蔡文姬的一生，實在也是飽經滄桑啊。

王戎

善於觀察，正確判斷

（西元234—305年，三國—魏晉時期）

一個聰明的人，都是在什麼地方、什麼時候、有什麼樣的表現，讓人強烈感覺到這個人很聰明？其中一個特質應該就是善於觀察，能注意到一些容易被一般人所忽略的細節，進而運用這些線索做出歸納和分析，然後得出一個正確的判斷，對吧！

《世說新語》裡有一個「王戎識李」的故事，主人翁是「竹林七賢」（魏晉時期七位才子）之一的王戎。這是發生在王戎小時候的故事。有人說，單憑這個故事就足以把王戎列進「神童」的名單裡。

王戎年幼時不僅是神童，還是一個「奇童」；這是魏明帝曹叡（約西元204—239年）所說的。曹叡是曹操（西元155—220年）的孫子，三國時期曹魏的第二位皇帝。

那是在王戎六、七歲的時候，有一次看表演，眾人看到猛獸在柵欄裡咆哮，都嚇壞了，四處奔逃，生怕猛獸會從柵欄裡衝出來，只有王戎不僅動都不動，還神態自若。這時，魏明帝剛巧看到這一幕，就不禁連聲稱讚王戎真是一個奇童。

王戎的眼睛也挺奇特。書上說，王戎自幼聰穎，長相俊秀，能夠直視太陽而不目眩，當時的名士裴凱（生卒年不詳）讚美道：「戎眼燦燦，如岩下電」，形容王戎的眼睛富有光芒，就像山崖下的電光，炯炯有神的意思。

「王戎識李」的故事也是發生在他七歲左右。有一天，王戎和幾個同伴一起出去玩，途經一處，看到道路旁有幾棵李樹，樹上結滿了李子，數量之多，把一些枝條都快要壓彎了。孩子們都歡呼雀躍，紛紛爭先恐後爬上李樹想要摘李子來吃，只有王戎站在樹下不動。小夥伴們都鼓勵王戎別那麼膽小，趕快跟他們一起上樹，享受一頓免費的李子大餐。

其實不是王戎不敢爬樹，而是有自己的判斷，他覺得根本不值得為這些李子上樹。王戎認為「樹在道邊而多子，此必苦李」，意思就是說，長在道路旁邊這麼明顯位置的李樹，樹上居然結滿了果實，這不合情理啊，按照常理來推測，如果這些樹上的李子好吃，既然位置這麼顯眼，李子應該早就被摘光了才對，可想而知這些李子一定不好吃，一定是苦的。

同伴們「取之，信然」，就是說一開始不信，可是稍後等到摘下李子一嘗，哎呀！果然是苦的，這才不得不佩服王戎判斷正確。

王戎字濬沖，琅玡臨沂（今山東臨沂白沙埠鎮諸葛村）人，出身官宦之家，祖父和父親都曾是曹魏時期的官員。王戎長大以後，長於清談。「清談」是一個專有名詞，特指在魏晉時期文人名士之間承襲東漢清議之風，而就一些玄學問題相互討論、剖析和辯論。最初王戎是襲父爵為貞陵亭侯，後來被三國時期曹魏大臣司馬昭（西元211—265年）召見，授予掾屬（這是一種佐治的官吏，「掾」的原意就是佐助）。

此後王戎又陸續擔任過不少官職，四十五歲時還參與過晉滅吳國之戰。吳國被滅之後，三國時代結束，自東漢末年以來分裂數十年的中國重新歸於統一，王戎也因功進封為安豐縣侯。

接下來的十幾年，王戎繼續官宦生涯，一直到六十二歲這年（西元296年）升任司徒，這是一個相當重要的官職，但此時王戎認為天下即將大亂，於是不理世事，只以遊山玩水為樂。晚年王戎又經歷過一些政治風暴，還險些惹上殺身之禍，所幸後來僥倖逃脫。西元305年，王戎去世，享年七十一歲。

在他過世後僅僅十一年，西晉就亡了，西晉宗室立刻南遷建立東晉，與此同時北方則進入五胡十六國的大動亂時期。

儘管王戎小時候是奇童和神童，後來又是「竹林七賢」之一，但長大之後的口碑並不好，很多人甚至都說他是「竹林七賢」中最庸俗的一位。按《世說新語》的記載，王戎為人貪吝，因為書中「儉嗇」這篇一共有九條，居然有四條都是與王戎有關。

《世說新語》又名《世說》，是中國魏晉南北朝時期筆記小說的代表作，由南朝宋臨川王劉義慶（西元403－444年）組織一批文人來編寫，主要就是記載從東漢後期到晉宋間一些名士的言行與軼事，譬如我們在上一篇中提到的「小時了了，大未必佳」、「覆巢之下焉有完卵」就都是出自《世說新語》。

王戎到底有多麼的「儉嗇」呢？《世說新語》裡頭記載了這麼一個例子：王戎家中有一棵很好的李樹，他想把這棵李樹所結的上等的李子拿去賣，可是又擔心別人會因此得到了種子，竟然在賣出李子之前把果核先一一鑽破。

《晉書》也說王戎「性好利」，「多置園田水碓，聚斂無已，富甲京城」，說他早年在擔任荊州刺史時，因為私派部下修建園宅而被免官，後來是出錢贖回官職；還說他經常與妻子一起計算財產，樂此不疲，甚至「日夜不輟」。

不過，這對似乎頗為貪財的夫妻卻為世人留下一個「卿卿我我」的典故。

按照古禮，婦人應以「君」來稱呼自己的丈夫，「卿」則是丈夫對妻子的稱呼，但王戎的妻子偏偏總喜歡以「卿」來稱呼他，王戎屢次試圖糾正，妻子卻說：「親卿愛卿，是以卿卿；我不卿卿，誰當卿卿？」仍然堅持要稱呼王戎為「卿」，王戎也無可奈何。後來大家就用「卿卿我我」來形容男女之間非常親暱。這個故事同樣是記載在《世說新語》裡。

神童

詠絮之才

謝道韞

（生卒年不詳，東晉）

說起中國古代的才女，一般都會想到「四大才女」，也就是西漢頗有文名又精通音律的卓文君（西元前175—前121年）、東漢末年三國時期擅長音樂、文學和書法的蔡文姬、唐朝有「巾幗宰相」之名的上官婉兒和南宋著名詞人李清照，也有另外一種說法是將東漢的史學家班昭（約西元45—約117年）放入名單，來取代上官婉兒，不過，如果要說「小才女」，恐怕除了我們前面介紹過的蔡文姬之外，大家都會立刻想到東晉的謝道韞。

在《三字經》裡頭，「蔡文姬，能辨琴。謝道韞，能詠吟。」也是把這兩個小才女並列。

謝道韞出身名門望族，是東晉大臣謝奕（西元309—358年）的女兒，宰相謝安（西元320—385年）的姪女。謝安可是一位了不得的人物，當位於北方的前秦苻堅（西元338—385年）率領著百萬大軍南下征伐東晉的時候，當朝官員大多驚慌失措時，多虧謝安臨危不亂，也臨危不懼，首先嚴厲的鎮住了那些投降派，然後爭取到皇上的支持，積極部署，領導東晉勇敢抗敵，最終晉軍在淝水大敗前秦。「淝水之戰」不僅是歷史上著名的以少勝多的戰役，也確定了南北朝從此長期分裂。

謝道韞之所以獲得「小才女」的美名，是源自一場賞雪與謝安有關。那是在謝道韞小時候，有一次下雪天跟家族裡的兄弟姐妹們在一起，當時叔父謝安也在場，興致一來，指著天空飄灑的雪花問幾個孩子：「白雪紛紛何所似？」（你們看，這不斷飄下的白雪像什麼呀？）

謝安話音剛落，很快就聽到侄兒謝朗（西元338—361年）回答說：「撒鹽空中差可擬。」（這下雪的情景，就跟往空中撒鹽差不多啊。）過了一會兒，謝道韞說：「未若柳絮因風起。」（與其說是朝空中撒鹽，不如說是像那些柳絮隨風飄揚。）

從這個小故事還產生了一個成語，叫做「詠絮之才」，專門用來形容某一個女孩子特別的有才情。

其實，如果以雪的形狀而言，最小的雪是「雨夾雪」，幾乎看不到，等到雪繼續的下，「小雪」看起來確實很像鹽巴，然後像頭皮屑，再大一點，變成「中雪」的時候，就會像一些柳絮，最後，「大雪」紛飛時會很像白色的羽毛漫天飛舞，這就是鵝毛大雪了。當謝安問孩子們「這個雪像什麼呀？」，也許當時雪剛剛下，還屬於「小雪」，謝朗說像是往空中撒鹽，實際上也沒什麼錯，問題是出在這樣的比喻似乎太寫實了，謝道韞可能是覺得缺少了一點詩意吧，就繼續思索有沒有更好的說法，而在她思考的時候，很可能雪下得大一些了，這就給了她一個很好的靈感。

謝道韞自幼就受到良好的教育，長大以後，對她特別欣賞的叔父謝安頗為她的婚事操心，希望能為她找個如意郎君。當時謝氏與王氏是兩大望族，出於門當戶對的考慮，謝安便在鼎鼎大名的書法家王羲之（西元303—361年）的兒子當中來物色姪女婿，最初看中的是王羲之第五個兒子王徽之（西元338—386

年），但因稍後聽說王徽之很有些高傲和放縱任性，於是就改變主意把謝道韞許配給王羲之的次子王凝之（西元334—399年）。

遺憾的是這樁婚姻並不幸福。婚後不久，謝道韞回娘家，叔父謝安看她整天悶悶不樂，感到很奇怪，就問，王郎又不是庸才，你為什麼這麼不高興？謝道韞卻只是充滿無奈的嘆了一口氣，回答道：「天地之間真沒想到還會有王郎這樣的人！」

原來，王凝之雖然書法寫得不錯，善草書和隸書，也做了官，先後出任江州刺史、左將軍、會稽內史，卻信奉五斗米教，會拜神起乩，想像一下當才女謝道韞看到那樣的畫面時，恐怕很崩潰吧。

五斗米教是道教最早的一個派別，凡入道者需出五斗米，因此得名，有的教徒會用符水治病，王凝之似乎就是屬於這一類。

根據書上的記載，王凝之確實是一個平庸之輩，至少完全不能跟他幾個兄弟相比。長於詩文的謝道韞對這樣的丈夫感到失望和不滿，似乎也是很自然的。不過，儘管志趣不合，她還是在王家平淡的過了幾十年。直到東晉末年發生了一次嚴重的民變事件（從西元399—411年，歷時十二年），謝道韞做了一件了不起的事。

當時，王凝之擔任會稽內史，面對亂軍即將來犯，王凝之竟然不聽手下進言，不做任何防備，只是閉門禱告，相信此舉可以請得「鬼兵」來助陣，保百姓平安。謝道韞不知道勸過丈夫多少回，王凝之就是不聽，謝道韞沒辦法，只好親自招募了幾百名家丁天天操練。然而，過了不久，當亂軍長驅直入衝進會稽城之後，他們當然還是抵擋不住，王凝之和子女都被殺了。王凝之享年六十五歲。

謝道韞親眼目睹家人全部罹難的慘狀，仍然一手抱著只有三歲的小外孫，一手持著兵器帶著家中女眷奮勇抵抗，亂軍首領之一早就聽說謝道韞才華出眾，如今又見她如此勇敢，頓生敬意，後來非但沒有殺她和她的外孫，還派人安頓她。

從此謝道韞就寡居會稽，過著平靜的隱士生活。在她後半生寫了不少詩文，都匯編成集，流傳後世。

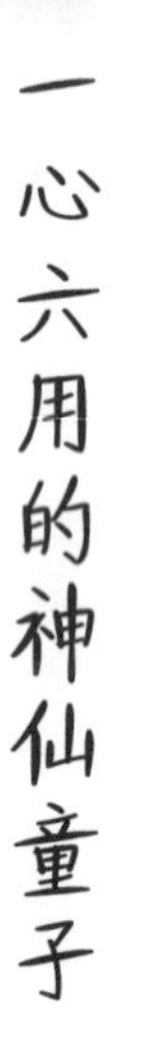

元嘉

一心六用的神仙童子

（生卒年不詳，南北朝）

北朝（西元386—581）是中國歷史上與南朝同一時代並存的北方王朝的一個總稱，包括了北魏、東魏、西魏、北齊、北周等等幾個王朝。後來結束了自東漢末年以來長達三百六十多年分裂動盪的局面，實現了歷史上第二次大統一的隋文帝楊堅（西元541—604年），就是在北周政權的基礎上建立了隋朝。

第一次大統一則是之前秦始皇（西元前259—前210年）結束了將近五百年的春秋戰國時代，建立了秦朝。

在北朝時代，出過一個非常特別的孩子（但歷史上沒説是屬於北朝中的哪一個王朝），書上稱他為「神仙童子」，那應該就是「神童中的神童」了，他的名字叫做元嘉。

元嘉究竟有多神呢？這麼説吧，我們一般人在做事的時候，總是盡可能的專心，因為一旦分心就會降低效率，事情也就比較不容易做得好。可是元嘉卻可以「一心六用」，同時做六件事，而且據説每一件事都完成得很好，夠特別吧！

元嘉曾經不止一次進行過「同時做六件事」的表演，哪六件事呢？第一，雙手都拿著筆畫著，可是畫的東西不一樣，左手畫圓形，右手畫方形；第二，口中清清楚楚的背誦著某篇文章，一字不差，一字不漏；第三，在背誦這篇文章的過程中，還不時暫停一下，然後開始數著附近正在吃草的羊群的數目，準確無誤，等到數了一個階段又可以立刻接上方才暫停的文章段落，繼續往下背誦；第四，在兩手畫著不同的圖案，又一會兒背誦文章、一會兒數羊的同時，他其實也在構思一首五言詩；第六，他在地面上鋪著紙，然後用腳夾著筆把所構思的那首五言詩寫在紙上，字跡非常工整。

一個孩子，居然能夠同時進行六件事情，著實不簡單，凡是看過元嘉表演的人，個個都讚嘆不已。

問題是，有必要這麼著急嗎？

《荀子．勸學》說：「螣蛇無足而飛，鼫鼠五技而窮。」螣蛇是中國民間傳說中一種會飛的蛇，在古代被視為神獸之一，它雖然沒有腳，但僅僅憑著力

大無窮這一個特點，就可以騰雲駕霧、在天空翱翔，而鼯鼠就算擁有五種技能，看似很厲害，但大多不精，因此還是於事無益。「騰蛇無足而飛」這句話，主要用來形容只要用心專一，必能成功。

回頭來看元嘉的故事，其實能夠專心做好一件事已經不容易了，似乎不需要鼓勵同時做這麼多的事。何況，元嘉的表演所謂「六件事都可以完成得很好」，這個說法也頗值得商榷。一方面有年齡的因素，畢竟同樣的事情如果是出現在孩子身上，我們往往很容易驚嘆，誇讚孩子聰明，可如果換成是成年人來做，也許就沒那麼稀奇；另一方面元嘉在文學和藝術上的造詣也缺乏專業鑑定，比方說元嘉在表演時所做的五言詩，以及他書法的水準究竟如何，就不得而知。

總之，關於元嘉的生平，歷史上記載寥寥，幾乎只記載了他能夠同時進行

六件事的表演。因此，雖然很多人在列舉中國古代神童的時候，都會把元嘉給列進去，甚至可以被排進前十名，但這位「神童中的神童」，最終似乎還是僅僅以一種奇人異事的形象存在，後來並沒有什麼特別的成就。

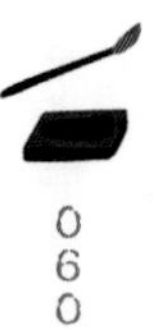

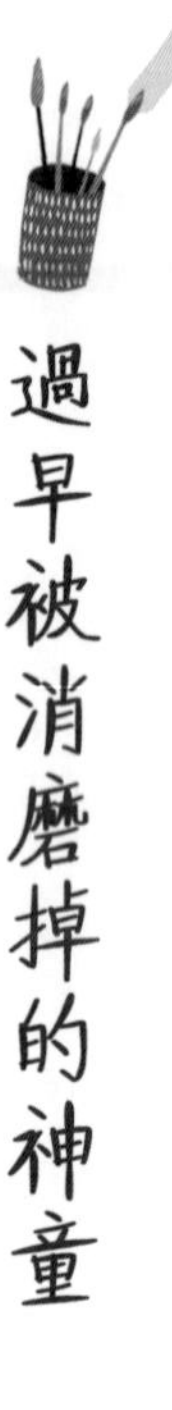

過早被消磨掉的神童

方仲永

（生卒年不詳，北宋）

北宋著名政治家和文學家王安石（西元1021—1086年）有一篇散文〈傷仲永〉，雖然寫於近千年以前，但今天讀來一點也不過時，還是有著相當沉重的警世意味。「傷」是感嘆、惋惜的意思，「仲永」則是指一個名叫方仲永的人。「傷仲永」就是為仲永而感到深深惋惜的意思。這篇散文所描寫的是真人真事，講述當時一個神童，最初是如何造成轟動，最終卻一點一滴白白浪費了天分，變成極為平凡的普通人。

話說金溪（今江西金溪）有一個人，名叫方仲永，方家世代都是種田的，家中從來沒有筆墨紙硯這些東西。按正常規律，仲永長大以後幾乎注定也會是一個農人。在他五歲那年，有一天，不尋常的事發生了，仲永忽然哭著索要文房四寶，他的父親感到非常詫異，萬分狐疑的從鄰居那兒把東西借來遞給兒子，結果小小年紀的仲永居然非常自然的拿起這些文具，完全知道該怎麼使用，並且立刻就寫下四句詩句，還像模像樣的題上自己的名字。

這首詩的主題是贍養父母以及呼籲同宗族的人應該團結。對於年僅五歲的仲永能夠如此無師自通的作詩，無論主旨和文句也都相當不錯，全鄉的秀才們讀了以後都非常驚訝，異口同聲的讚美小仲永真是一個神童。

這件事傳開以後，很多人都對這位小神童感到很好奇，想見見他，因此紛紛來請方家父子去做客，然後在宴席上指定某一個主題，讓仲永當場應答，而仲永所作的詩，以一個年幼的孩子來說，無論文字或是內容也都有可觀之處。不久，還有人專程來買他的作品。仲永的父親對此非常高興，從此就帶著仲永到處赴宴，對於別人的邀請以及想要買仲永詩作的要求從不拒絕。按今天的概念來理解，方仲永的父親就像是一個利慾薰心的「星爸」，只想著眼前要好好的撈一筆。

王安石說：「我聽說這件事已經很久了，明道年間，我跟從先父回到家鄉，在舅家見到了仲永，讓他寫詩，這年仲永十二、三歲，寫出來的詩已經不能與從前的名聲相稱。又過了七年，這時仲永應該成年了，我從揚州回來，又到舅家拜訪，問起仲永的情況，舅舅告訴我，他已經成為一個普通人了（泯然

眾人矣）。」

「泯然眾人矣」就這樣成了一個成語，指一個人原本才華橫溢、備受關注，後來因才華盡失，不再受關注，變得跟普通人一樣了。

為什麼會這樣呢？王安石認為關鍵就在於缺乏學習，因此，兒時的「神童」經歷，對於仲永來說就像是一場夢，夢醒之後，他還是放下了筆而拿起鋤頭，回頭做起了農夫。

王安石因此感嘆道，方仲永原本是有天分的，真可惜。如果想要出人頭地，僅僅只靠天分而缺乏後天的培養和努力，那是遠遠不夠的。

這篇三百字左右的文章，王安石先敘事再議論，藉著方仲永的實例，強調後天教育的重要性。

也就是說，一個人能否成才，不可能只單純的依靠天資，還是要非常注重後天的教育和學習。仲永本身固然上進心不夠，但為人父母也萬萬不可短視近利，把孩子視為賺錢的工具，否則就算孩子原本是有一些天分，但是在缺乏學習的情況之下，天分多半也很快就會被消磨殆盡，這是多麼令人遺憾的事啊。

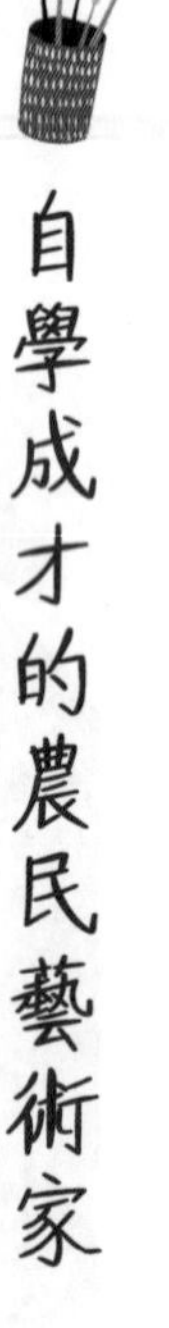

自學成才的農民藝術家 王冕

（約西元1287—1359年，元朝末年）

《儒林外史》是中國古代諷刺文學的典範，一開篇作者吳敬梓（西元1701—1754年）寫了一位自學成才的農民藝術家王冕。

在歷史上，王冕確有其人，字元章，號「煮石山農」，亦號「食中翁」、「梅花屋主」等，浙江紹興市諸暨楓橋人，是元代著名的畫家和詩人，但真實的王冕和吳敬梓所描寫的人物有很多細節並不相同。吳敬梓大概是為了突出以及強化王冕「農民藝術家」的形象，而刻意做了一些虛構。

比方說，吳敬梓筆下的王冕幼年喪父，十歲左右就受僱為人放牛，可實際上他的父親是一個農人（他們家的先祖曾經是官僚，只不過傳到王冕父親這一輩就已經變成一貧如洗的農民），但王冕並沒有年少就失去父親，也從來不曾為別人家放牛，他只放過自家的牛，同時王冕也不算是自學成才，有兩位學者做過他的老師，這在歷史上有據可證，一位是王艮（西元1483—1541年），另一位是韓性（西元1266—1341年）。

王冕是家中的獨子，父母十分的寵愛他。王冕從小就是一個挺特別的孩子，據說他周歲就能開口說話，三歲能對答如流，五六歲的智力明顯比同齡的孩子要優秀許多，八歲開始入學，表現非常優異，宗族都大為驚嘆，一致稱他為神童，還有人讚美他是「千里馬」。

王冕小時候的求知慾就非常旺盛，是一個熱愛學習的好孩子。有一次，父親叫他去放牛，他把牛趕到草地上以後就不管了，讓牛就那麼待在草地上吃草，自己則跑到私塾那兒去聽村童讀書，一直到傍晚才想起應該趕快把牛牽回家，可是等他回到草地一看，哪裡還有牛的影子？牛早就都不見啦。為了這件事，向來疼愛兒子的王父也忍不住把王冕狠狠教訓了一頓。《儒林外史》裡頭所提到的王冕放牛的故事，很可能就是根據這件事來發揮的。

為了讀書，王冕還曾經在夜裡從家中溜出來，悄悄跑到廟裡去，爬到菩薩的身上，泰然自若的坐在菩薩的膝上，藉著長明燈來讀書。別忘了古代沒有電燈泡，一般到了晚上就一片漆黑，讀不了書，而廟裡的長明燈按習俗是不能熄滅的，因此王冕才會想到去廟裡讀書，這樣就可以好好的運用漫漫長夜了。想想看，廟裡很多土偶都是面容恐怖，可是小小年紀的王冕一點也不怕，居然經常在這裡通宵達旦的讀書，完全沉浸在書本的世界裡，真是好學不倦啊。後來安陽著名的理學家韓性知道這些事以後，覺得王冕這個孩子很特別，就把王冕收為弟子。

在韓性的指導之下，王冕漸漸成了一位博學多聞的儒生，但是參加過好幾次科舉考試都落榜，於是他就把自己所寫的舉業文章全部都堆在一起，然後放一把火全燒了。所謂「舉業」，就是為了應科舉考試而準備的學業性文章，在明清兩代是專指八股文。

日後王冕成了一個藝術家，不僅寫詩，還以畫梅著稱，尤工墨梅。臺北故宮博物院收藏的《南枝早春圖》，就是王冕的傑作。

除了藝術上的成就，王冕的人品也很高潔。或許正因為這個緣故，明初詩文三大家之一、擅長寫記敘性散文和傳記小品的宋濂（西元1310—1381年），還特別寫過《王冕傳》，是一篇相當成功的作品，一般公認寫出了王冕的精神面貌，尤其是刻畫王冕小時候對於學習的熱情，真是入木三分。

根據宋濂在《王冕傳》裡頭的描述，王冕的性情非常天真質樸，也有些狂放不羈。一回，他在一幅《楚辭圖》上看見戰國末期的大詩人屈原（約西元前340—前278年）的衣冠，很是喜歡，便自己做了一頂很高的帽子和一件寬大的衣服，然後穿戴起來，還掛著一把木劍，再唱著山歌，駕駛著一輛牛車從村裡經過，一群孩子都跟在他後頭嘻嘻哈哈，取笑王冕滑稽的模樣，王冕也毫不在乎的跟孩子們回笑。

在王冕的藝術才華逐漸為人所知之後，其實也有過做官的機會，但是他已經看破了所謂的功名，已經對做官沒興趣了，寧可就做一個農民。他把自己的

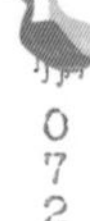

破草房取名為「耕讀軒」，白天耕種，晚上作畫、作詩和讀書，過著「淡泊以明志」的貧窮的日子。有人想推薦王冕為官，總遭到他的拒絕。王冕說：「我有田可耕，有書可讀，奈何朝夕抱案立於庭下，以供奴役之使！」

就連他的老師王艮也勸不動他。王艮後來在江浙做了一個文官，王冕曾經前去拜望，王艮向來很欣賞王冕的品行，如今看到王冕衣衫襤褸，腳踏破鞋，很是不忍，馬上贈他一雙鞋子，而且苦口婆心的勸他為官。王冕只是笑而不答，放下老師好心贈送的鞋子就離去了。

元朝末年，朱元璋（西元1328—1398年）在打江山的時候，也不止一次想延攬王冕，他也都拒絕了。朱元璋最後一次想請王冕為官是在西元1359年，這回王冕乾脆說自己已經出家，沒過多久就於同年過世，享年約七十二歲。

書聖 王羲之

（西元303—361年，東晉）

王羲之享年五十八歲。他雖然曾做過官，官至右將軍、會稽內史，因此人稱「王右軍」，可他一生主要的成就還是在書法和文學創作，是東晉時期著名的書法家和文學家。

他在書法上的成就，一千多年以來無人可以超越，被譽為「書聖」，同時，由於他在書法上的名聲太大，使他在文學上的成就反而容易被世人所忽略。王羲之在五十歲那年所寫的〈蘭亭集序〉，不僅是一幅著名的書法作品，也是一篇非常膾炙人口的優美散文。在這篇僅僅只有三段的短文裡，王羲之不僅記敘了蘭亭周圍的山水之美以及友人聚會的歡樂情景，也抒發了對於生死無常的感慨，表現出積極入世的人生觀，讀後令人回味無窮。

王羲之是琅琊臨沂人，後遷居會稽山陰（今浙江紹興），晚年則隱居剡縣金庭（今江蘇蘇州吳中區）。他出身於名門望族，伯父王導（西元276—339年）和族伯王敦（西元266—324年）都是東晉開國功臣，在如此顯赫的家庭中成長，使得王羲之從小就受到很好的教育。

他從七歲時開始學習書法，小小年紀就展現出特殊的天分，再加上有父親從旁指導，進步很快。此外，王羲之自己也非常努力，只要從父親的藏書中發現了關於前人書法的書籍，都會主動接觸，認真且刻苦的學習各種書體。他曾經在一個水池邊練習書法，久而久之連池水都變黑了。

在中國書法史上，王羲之發揮了一種承先啟後的作用，既能很好的繼承傳統中優秀的部分，無論是隸書、草書、楷書、行書，他都很專精，同時又能不被傳統給綁住，甚至還能做到吸收各種書體的精髓進而再開創出新意，跳脫出漢魏筆風，自成一家。王羲之最擅長今草和楷書，以及兩者相結合的行書，呈現出一種平和自然的風格。隋唐以後，王羲之的書法風格成為書法藝術發展的主流，他的代表作〈蘭亭集序〉更被稱為是「天下第一行書」。

由於才德俱佳，又是世族子弟，王羲之年紀輕輕就屢被舉薦和徵召，不過他生性瀟灑，不重名利，直到三十一歲才開始出仕。五十二歲那年，王羲之稱病辭官，離開會稽郡，開始過著自由自在、與山水相伴的日子。可惜這樣的日

子太短了，六年後，王羲之就與世長辭。

關於王羲之的小故事有很多，世人可以從這些小故事，以各個角度來了解王羲之。

首先，他是一個真性情的人。在王羲之還沒有成家之前，一天，太尉郗鑑（西元269—339年）讓門生幫忙到王家去挑女婿，王導說，我們王家還沒成親的年輕人現在正好都在東廂，請您自己去挑一下吧。這時，東廂的年輕人得知太尉的門生馬上就要過來挑女婿，一個個都刻意的好好表現，不是念書就是練字，只有王羲之滿不在乎的袒腹臥於東床。門生回去稟報，郗鑑聽了以後哈哈大笑，毫不猶豫就說：「我就要那個袒腹臥於東床的年輕人做我的女婿！」這就是成語「東床快婿」的典故。

王羲之的字「秀麗中透著蒼勁，柔和中帶著剛強」，力道十足。一次，皇帝要到北郊去祭祀，讓王羲之把祝辭寫在一塊木板上，然後命木工雕刻。木工在雕刻時發現王羲之的筆力竟然滲入木頭三分之多，非常驚訝！這就是「入木三分」的典故。後來這個成語一方面用來形容某人筆力強勁，另一方面也可以用來比喻某人分析問題非常深刻。

王羲之很有同情心，樂於助人。一天，王羲之看到有位老太太拿著十多把扇子要去賣，覺得她很辛苦，便問老太太一把扇子賣多少錢？老太太說只要二十多文錢就夠了，王羲之便把扇子拿過來，取出筆替每一把扇子都題上幾個字，老太太不識字，也不知道他在扇子上寫了些什麼，但是到了市場一說是王羲之寫的字，扇子馬上就被搶光了，而且都是高價賣出。

王羲之挺幽默的。每年除夕，他所寫的春聯剛貼上去，總是不到半夜就被想要得到他的字的人偷偷揭走，一年除夕，王羲之的春聯寫的是「福無雙至，

禍不單行」，結果想偷春聯的人大概都覺得這幅春聯的意思不好，感覺很不吉利，就紛紛作罷了。隔天早晨，王羲之看春聯還在，便又多寫上幾個字，變成「福無雙至今朝至，禍不單行昨夜行」，這麼一來頓時就變得非常吉祥啦。

王羲很愛鵝。有回，他為了得到一位道士所養的鵝，便乖乖接受道士所提的條件，為道士抄寫了《道德經》作為交換。還有一次，王羲之聽說有一位老太太養了一隻很會叫的鵝，便興致勃勃要朋友帶自己去看看，然而，老太太一聽大名鼎鼎的王羲之要來看自己的鵝，受寵若驚，以為王羲之是喜歡吃鵝，竟然就把那隻鵝給宰了，用來款待王羲之一行，讓他為之扼腕。

王羲之不慕虛名。在他過世後，朝廷本來要追贈他為「金紫光祿大夫」，但兒子們都遵從父訓，堅決不肯接受。

他有七個兒子，每一個也都同樣擅長書法藝術，其中又以第七子王獻之

（西元344—386年）最為出色，後來與父親一起被世人稱為「二王」。

才絕、畫絕、痴絕
顧愷之

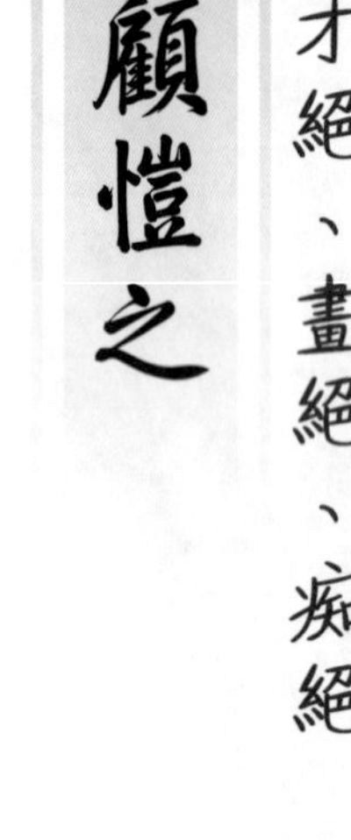

（約西元346—約407年，東晉末年）

由於甘蔗的根部愈接近地面甜度就愈高，一般人吃甘蔗時大多都會從最甜的地方開始吃，吃到不甜的時候就扔掉，不過按《世說新語》的記載，東晉末年大畫家顧愷之吃甘蔗的習慣不一樣，他喜歡從甘蔗末梢開始吃，這麼一來就愈吃愈甜。當別人問起顧愷之為什麼這麼吃甘蔗的時候，他總是回答「漸入佳境呀」。「倒吃甘蔗」這個說法常被用來形容一個人的處境愈來愈好，顧愷之喜歡倒吃甘蔗，這多少也能反應出他的人生智慧。

顧愷之是晉陵無錫（今江蘇無錫）人，出身於江東名門望族，在相當優越的家庭條件下成長，得以博覽群書，為他日後走上習文作畫這條道路打下很好的基礎。這樣的家庭環境當然也有助於步入仕途，只不過顧愷之無意做官，寧可選擇做一個物質條件比較差的「清客」。所謂「清客」，就是幕僚或食客的意思，這是在魏晉社會「玄談清議」之風盛行之下所產生的一種工作。他先後做過大司馬桓溫（西元312—373年）和荊州都督殷仲堪（生年不詳，卒於西元399年）的參軍，後來又投奔到桓溫之子、權臣桓玄（西元369—404年）的門下。顧愷之的一生基本上就是在這些權貴名流之間周旋，到了晚年才做了一個散騎常侍的清閒職位，但不久就死在任上，享年六十一歲左右。

顧愷之從小就相當聰慧，長大以後更是博學多才，擅長詩詞文賦，尤精繪畫。因為他小字「虎頭」，時人常稱「虎頭三絕」，就是「才絕」、「畫絕」和「痴絕」。

先說「才絕」。他曾經拿著自己所寫的一篇《箏賦》與「竹林七賢」的精神領袖嵇康（西元224—263年）所寫的《琴賦》相比，認為自己並不比嵇康遜色。就因為顧愷之對自己信心十足，所以不少人都覺得他很自負，喜歡自誇。

其次，「畫絕」是顧愷之一生最輝煌的成就，也是他之所以能成為中國歷史上藝術大師的關鍵。在他大約二十歲時，曾經在瓦棺寺一面牆上畫了一幅《維摩詰像》，維妙維肖，畫作一完成，光芒萬丈，很多人都為了爭相親眼目睹這幅畫作而紛紛湧到寺裡，布施給寺廟的錢很快就超過了百萬。

顧愷之的筆觸非常細膩，有人形容他所畫的線條就像「春蠶吐絲」一般。

顧愷之的繪畫題材極為廣泛，舉凡佛教壁畫、山水人物、花鳥走獸，他都能畫，可以說是一位全能型的畫家。而在畫人物的時候，顧愷之特別注重兩個方面，一個是人物的眼神，另一個是人物的內心；他認為一個人物能否畫得傳神，眼神是關鍵，同時在畫的時候一定要設想人物的內心活動，這樣才能呈現出一種栩栩如生的感覺。

顧愷之的繪畫作品很多，可惜後來只有《女史箴圖》、《洛神圖》和《列女仁智圖》三件摹本流傳下來，其中前兩者被視為顧愷之的代表作，都是根據文學作品所創作的。

《女史箴圖》是根據西晉政治家、文學家張華（西元232—300年）所寫的《女史箴》而作，這是以記敘歷代賢妃事蹟為主題的作品（「女史」是指宮廷婦女，「箴」是規勸的意思）；《洛神圖》則是根據三國時期著名的文學家曹植（西元192—232年）所寫的《洛神》而作。這兩個作品都是精美無比的畫卷。

尤其難得的是，顧愷之不僅是東晉時期最重要的傑出畫家，也是歷史上第一個有畫跡可考的大畫家，他的出現，代表著中國繪畫藝術已經走過之前萌芽和嘗試的階段，而真正進入成熟發展的時期，同時，顧愷之也是中國歷史上最早的繪畫理論家，在繪畫理論上有著卓越的貢獻。他的著作，至今保留下來的有〈畫論〉、〈魏晉勝流畫讚〉、〈畫雲臺山記〉等三篇，是目前現存較早成篇的畫論著作，是中國繪畫史上一份重要的文化遺產。

顧愷之的畫論思想，最重要的有三點：

・**「以形寫神」**——繪畫時（譬如畫人物），除了追求外在形象的逼真，還應該追求內在精神本質的酷似。

·「遷想妙得」——「遷想」類似於聯想，亦即在構思過程中的想像活動，「妙得」是一個結果；這是強調創作者主觀的思想感情在藝術創作中所發揮的重要作用。這個概念後來成為中國繪畫一個重要的美學原則。

·「置陳布勢」——任何一幅作品都要講究構圖布局。

顧愷之的畫作以及他對於繪畫的思考，為中國傳統繪畫的發展奠定了重要的基礎。

最後，「虎頭三絕」中最後一絕「痴絕」，指的是顧愷之率真灑脫的性情。顧愷之對自己的評價是「痴黠各半」，「痴」是有些傻氣，「黠」是聰明、靈巧，所以顧愷之的「痴」當然不是那種愚蠢的「傻」，而應該是古往今來在很多偉大藝術家身上都看得到的一種天真的氣質，以及凡事不多計較的胸襟吧。

譬如，有一回，明明是畫作被偷，顧愷之卻自我解嘲：「真是妙畫通靈啊，就好像是人羽化登仙一樣。」意思是說，並不是有人偷走了他的畫，而是誰叫自己畫的人物和鳥獸都太過逼真，以至於統統都飛走了呢。

回想顧愷之的一生都在與許多權貴周旋，也許這樣的「痴」就是他明哲保身、盡可能避開俗世的紛擾，以至於能夠潛心藝術的方法吧。

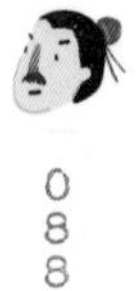

壁畫大師

吳道子

（約西元685—約759年，唐朝）

吳道子頗為高壽，大約在安史之亂爆發後四年辭世，享年七十四歲左右。他所生活的年代正是盛唐。盛唐時期，社會富足、民生安定，文化自然也高度繁榮，不僅詩歌藝術達到頂峰，繪畫藝術也極為可觀，其中影響最大的畫家非吳道子莫屬。自唐朝以後，歷代民間畫師一直都是奉他為祖師，稱他為「畫聖」。

吳道子出生於河南陽翟，家境貧寒，但他從小就表現出對於藝術的天賦和興趣，曾經隨書法大家張旭（約西元685—759年）、賀知章（約西元659—約744年）等人學習書法，後改攻繪畫。由於繪畫是一條更適合他的路，再加上他認真刻苦的努力，還不到二十歲就已經畫得相當好了。

早年為了生活，吳道子也曾做過一些小吏，大約在開元初年，他決定不再擔任公職而要去洛陽闖一闖。當時洛陽是唐朝的經濟、文化中心之一。吳道子在洛陽待了一段時日。這段期間，他主要投入於寺院道觀的壁畫創作，沒過多久名聲就傳遍了洛陽，甚至還傳到了京城長安與皇宮。

唐玄宗李隆基（西元685—762年）知道有這麼一位畫家之後，就把吳道子召入宮中，成為御用的專職畫師，今後如果沒有皇帝的詔令就不得為他人作畫。從此，吳道子的生活軌跡就以長安為中心，往來於各地，潛心作畫，終於成為一代大師。

天寶年間，唐玄宗特遣吳道子去四川寫生。吳道子回來以後，面對皇帝的詢問，直截了當的表示四川的山水確實很美，可是他並沒有畫底稿，而是都默記在心裡。唐玄宗聽了半信半疑，一天，就命吳道子在大同殿壁上把四川嘉陵的風光畫出來。吳道子遂根據心中所記，在一天之內就把嘉陵江上三百多里美麗的景致呈現出來。在此之前，另外一位比吳道子年長三十多歲、也頗有名氣的畫家李思訓（西元651—716年），也曾經在大同殿畫過山水，不過當時李思訓是一連畫了好幾個月。唐玄宗對兩位畫家的表現都很滿意。

吳道子的山水畫固然畫得很不錯，尤其是描繪蜀道怪石崩灘非常出名，還有後世學者認為山水畫的變革正是始於吳道子，因為他一改當時盛行的工整巧密的畫風，以近乎寫意的手法，著重在一種引人入勝的境界，這樣的山水畫自然是令人耳目一新。不過，縱觀吳道子的繪畫生涯，主要還是從事宗教壁畫的創作為主，他一生曾經在長安與洛陽兩地的寺觀中創作了三百多面壁畫，質量俱佳，題材豐富，而且還能夠做到不相雷同，展現出驚人的創造力，被後世推崇為「壁畫大師」。

佛教和道教在唐朝都十分流行，影響所及，宗教藝術也就有了廣闊的發展空間，譬如吳道子的佛畫藝術就有很高的成就，而表現形式主要就是壁畫。每當吳道子在進行壁畫創作的時候，經常會引起很多人駐足圍觀，還不時會激動的為他鼓掌叫好，據說吳道子畫的人物，不僅人體各部位的比例非常精確，肌肉看起來強健有力，就連頭髮、鬍鬚、衣裳也彷彿都在迎風飄動，活靈活現，後世特地將這樣的畫風定了一個專有名詞，叫做「吳帶當風」，專門用來讚美吳道子高超的技巧與飄逸的風格。

在吳道子創作的這麼多壁畫作品當中，若要問代表作，當首推《地獄變相》。在這個作品裡，吳道子不僅技巧純熟精湛，還發揮了高超的想像力。一位老和尚說，只要是看過這面壁畫的人，一個個都會心生畏懼，立刻產生要及時修善的念頭，甚至一時間都沒人敢吃葷了。一面壁畫居然能夠產生如此震懾人心的效果，足見吳道子的功力，以及他在佛畫藝術上所取得的成就。

就因為無論是人物或動物，吳道子都可以畫得栩栩如生，還因此留下了一些民間故事。比方說，有這麼一個小故事，說有一次吳道子去拜訪一位僧人，受到了無禮的對待，僧人惡劣的態度令吳道子很是氣憤，遂當場請出筆硯，迅速在僧人房間牆壁上畫了一頭驢子之後離去。過了幾天，不可思議的事情發生了，牆壁上的驢子一到了晚上竟然會跳下來，變成一頭真的驢子，然後非常暴躁的在屋裡橫衝直撞，把家具、用品全部踢爛。僧人沒辦法，只好趕緊找到吳道子，向他道歉，懇求他把壁上那頭驢子給塗掉，這才結束了一場風波。

從這樣的故事其實也可反映出在當時人們的心目中，吳道子的壁畫有多神。

總之，吳道子對於日後的壁畫藝術有著巨大且深遠的影響，譬如敦煌壁畫、莫高窟第103窟的《維摩經變圖》，還有元代永樂宮、明代法崗寺的壁畫，都帶有吳道子的風格。很多學者都認為，吳道子的繪畫實際上代表著中古時代東方藝術的重大成就。

吳道子晚年的時候，唐玄宗再度命他入蜀作畫，然而，年事已高的他卻在半路染上了瘟疫，就這樣與世長辭了。

王維

詩中有畫，畫中有詩

（西元701—761年，唐朝）

精確來說，王維是出生在武則天（西元624—705年）稱帝的武周末年。武則天是在西元690年稱帝，武周時代至西元705年結束，這年王維四歲。

王維是河東蒲州（今山西運城）人，祖籍山西祁縣，字摩詰，號摩詰居士。王維與小他一歲的弟弟王縉（西元702—781年）都是從小就聰慧過人，好學不倦。兄弟倆長大之後的發展都很好，王縉後來成了書法家，還做過唐朝中期的宰相。

西元712年，唐玄宗登基，這年王維十一歲。四年後，他去京城應試，弟弟王縉同往，兄弟倆受到很多王公貴族的歡迎。尤其是王維，才華洋溢，不僅能詩善文，還精通音律、擅彈琵琶，是許多宴會的寵兒。

後世有一種說法，說「詩仙」李白（西元701—762年）是天才，「詩聖」杜甫（西元712—770年）是地才，「詩佛」王維是人才，這三位唐朝大詩人各有特色，都是不可多得。

為什麼稱王維是「詩佛」？又為什麼在與李白、杜甫相提並論的時候將他稱之為人才？一方面是由於王維在生前以及後世都享有盛名，另一方面也由於他是一位少有的全才，無論在詩歌、繪畫、書法、音律、篆刻等各方面都表現傑出，同時，因為受到母親的影響，王維很早就信佛，在他三十歲那年妻子亡故之後（此前獨子夭折），王維更是潛心修佛，廣泛與僧侶來往，所以在他的詩歌當中經常自然而然就會流露出一些宗教的氣息（不僅是佛教，還有禪宗）。

王維在十八歲那年狀元及第，中了進士，任「太樂丞」。其實生性淡泊的他並不喜歡進入官場，只是為了撫養弟妹而不得不為之。「太樂丞」是掌樂之官，在朝廷負責禮樂方面的事宜。王維做了兩年，就因伶人舞黃獅子事件受累（因為黃色是專屬於帝王的顏色，「舞黃獅子」被視為是一種對皇上大不敬的行為），被貶為濟州司馬參軍，就這樣離開了京城，直到六年後才重返長安。

不過，在妻子過世之後，王維就再次隱居嵩山。兩年後拜右拾遺（這是一種供皇上諮詢、可以提供一些建議的小官），王維開始過起半官半隱的生活，出使過河西。

西元756年安史之亂爆發的時候，唐玄宗倉皇出逃，時年五十五歲的王維和其他同樣留在京城裡的官員全部被俘。緊接著，王維被綁至洛陽，被迫接受了偽職。

洛陽禁苑中有一個池子，名為凝碧池，王維在苦悶之餘寫了一首詩，就叫做〈凝碧池〉：

萬戶傷心生野煙，百官何日更朝天。
秋槐葉落空宮裡，凝碧池頭奏管弦。

詩中充滿著亡國的悲痛，也流露出思念朝廷以及無可奈何之情，打動了很多人，在洛陽不脛而走，士子們爭相傳誦，不久甚至還傳到了在靈武（今寧夏回族自治區靈武縣）即位的唐肅宗李亨（西元711—762年）那裡，據説唐肅宗讀後潸然淚下，長嘆不已。

安史之亂持續了近八年，在朝廷逐漸收復被叛軍占據的地方之後，凡是擔任過偽職的官員都受到審查，下場都很糟糕，有的被誅殺，有的被賜自盡，懲罰最輕的也要被流放和貶官，王維卻非常幸運的被特赦，除了他的弟弟王縉因平亂有功、請求革職來為兄贖罪之外，據説就是因為王維曾經寫過〈凝碧池〉，打動過唐肅宗，所以才沒有被嚴格追究。

王維的仕途顯然不佳，但在藝術上的成就非常輝煌。他的詩名盛於開元、天寶年間（也就是唐玄宗在位時期），與年長他十二歲，也屬於山水田園派詩人的孟浩然（西元689—740年）合稱「王孟」。

王維早期寫過一些邊塞詩，但大多數的詩都還是山水田園之作，裡頭處處

洋溢著徜徉在大自然懷抱中愉悅閒適的情趣。與此同時，因為王維的藝術修養深厚，尤其他還是一位出色的畫家，這都為他的詩作增添了無比的魅力。中國的山水畫在唐代分為南、北宗，北宗的風格比較剛勁，注重勾勒，畫得比較工細，以李思訓（西元651—716年）父子為代表；南宗的風格則比較飄逸，注重渲染，畫得比較簡約，後人都推崇王維為南宗山水畫之祖。無怪乎北宋才子蘇軾（西元1037—1101年）會說：「味摩詰之詩，詩中有畫；觀摩詰之畫，畫中有詩」，從此後世均以「詩中有畫，畫中有詩」來讚美王維在詩歌及繪畫這兩個領域的成就，而他的山水田園詩作正是將詩歌和山水畫做了最完美的融合。

譬如「大漠孤煙直，長河落日圓」、「明月松間照，清泉石上流」、「深林人不知，明月來相照」、「但去莫復問，白雲無盡時」、「行到水窮處，坐看雲起時」、「空山新雨後，天氣晚來秋」、「渭城朝雨浥輕塵，客舍青青柳色新」等等名句，都散發著獨特的空靈和寧靜之美，可以說王維把山水詩提升到了一個前所未有的高度。

他也寫過不少抒情小詩，其感情真摯，語言淺白，既朗朗上口，又令人難以忘懷。譬如《相思》，就是一個很經典的例子。

紅豆生南國，春來發幾枝？
願君多採擷，此物最相思。

其實從很早很早以前，紅豆就被大家稱之為「相思豆」，由於紅豆樹在中國大陸多半是分布在江蘇、廣西、湖北等地，相對於唐朝的京城長安來說都屬於南方，所以王維才會說「紅豆生南國」。自從王維這首藉著歌詠紅豆來遙寄相思，實際上也就是懷念朋友的作品問世之後，一千多年以來，「紅豆就是相思豆」、「紅豆代表著相思」這樣的說法就更加的深入人心，進而在民間廣為流傳了。

王維流傳下來的詩作高達四百多首。他的詩作，即使在思想內容上不能與李白和杜甫相比，但還是有其特別的成就與貢獻，對後世影響深遠。

米芾

米氏山水的開創者

（西元1051—1107年，北宋）

米芾本名米黻，他是在四十歲那年才將名字改為米芾，「芾」這個字同「黻」，都是草木茂盛的意思。米家世代居於山西太原，後來才遷移到湖北襄陽，所以又被世人稱為「米襄陽」。

米芾是北宋最傑出的藝術家之一，在藝術方面的造詣相當全面，不過主要在書法、繪畫和收藏這三個領域中表現特別突出。

他從七、八歲時開始學習書法。因為天資很高，學習態度又特別刻苦，在他晚年所寫的文章中，曾表示自己在書法上的成就完全來自於後天的苦練；「一日不書，便覺思澀，想古人未嘗半刻廢書也」。米芾自稱學習書法是在「集古字」，這個「集」字簡單來講就是臨摹的意思，從中去體悟古代書法大家的精髓。因為長期臨摹古人的書法作品，米芾後來甚至達到了以假亂真的程度。

不過，米芾並不以此為滿足。他堅信書法是一門獨立的藝術，不只能夠怡情養性，而是具有永恆的價值，所以臨摹只是學習的過程，最終還是要能夠創作出自己的風格。米芾平生對書法投入的心血最多，後來他的成就以行書最為突出。在北宋四大書法家—蘇軾（西元1037—1101年）、黃庭堅（西元1045—1105年）、蔡襄（西元1012—1067年）和米芾中，米芾的年紀最小，但以作品傳播之廣、影響之深遠，卻首屈一指，在書法史上有著非常重要的地位，自南宋以來的著名匯帖中多數都是以米芾的作品為主。

經過數十年的努力，米芾直到五十歲左右才確立了自己的風格。遺憾的是他在五十六歲那年就過世了。關於米芾書法的風格，我們可以從他自稱「刷字」這個特別的說法一窺其精妙。就像有些現代作家謙稱自己寫作是在「碼字」一樣，刷字一說雖然也是米芾一種自謙的說法，但這樣的形容正點出米芾書法作品的特點；他的書法作品，大至詩帖，小至尺牘（古人用於書寫的長一尺的木簡）或題跋（寫在書籍、碑帖、字畫前面的文字叫做「題」，寫在後面的叫做「跋」），看上去都痛快淋漓，這都是因為米芾用筆迅疾又很有精神，給人一種勁道十足、雄健清新的感覺。

可惜後來沒有米芾的書法真跡流傳於世，後人只能從無數模仿米芾的作品中去欣賞他的書法之美。米芾除了善於吸收、融合古人書法的特點，進而又呈現出自己的新意之外（按他自己的說法就是「博取眾長，自立家數」），米芾的書法作品很注重整篇的架構，總是能將整體的氣韻把握得很好。

米芾在十六歲那年隨母親離鄉來到京都汴梁，母親入宮侍奉。兩年之後，年輕的宋神宗趙頊（西元1048—1085年）繼位，因感念米芾母親曾經對自己的照顧，特別恩賜米芾為祕書省校字郎，負責當時校對。

米芾一生官階不高，這多少與他不善逢迎拍馬，為人又太過清高有關。但他還是一位受人尊敬的官員，主要是他真心為老百姓著想、崇尚禮教，又非常清廉。一回，他出任江蘇安東縣（今漣水縣）知縣，主政兩年，推出了不少惠民措施，頗受愛戴，等到期滿即將離任時，鄉紳百姓準備了一些禮物想要送給他表示感念，但米芾都加以婉拒，並且還再三叮囑家人，凡是屬於公家的東西不論貴賤一律留下，不得帶走。說完之後，他還親自一一檢查行李，確定裡頭沒有一樣公物，結果發現自己常用的一支毛筆上沾有公家的墨汁，於是便讓家人把硯臺、毛筆洗乾淨以後才離開縣衙。如此清清白白的離開，不帶走一點點公家的墨汁，一時傳為佳話，當地百姓還把他們洗墨的水池命名為「米公洗墨池」，並立碑記之。

在繪畫上，北宋處於一個文人畫的成熟時代，米芾繪畫的題材十分廣泛，舉凡人物、山水、梅蘭竹菊和松石，幾乎無所不畫，不過他在山水畫上的成就最大。米芾特別喜歡畫煙雲霧景的江南水鄉，追求「信筆作之」的畫法，所謂「信筆」就是盡可能不受規範約束，要求落筆自然，按他自己的形容就是「多以煙雲掩映，樹木不取工細，意似便已」，可以說是把傳統水墨渲染的技法又向前推進了一步，在中國水墨山水畫的發展上造成了一定的影響。

他的長子米友仁（西元1074—1153年），受到父親的影響，從小就喜歡繪畫，在學習父親技巧的基礎之上，後來也成為相當著名的山水畫家，同時也擅書法、精鑒賞。在中國繪畫史上有「大米、小米」或「二米」之稱，他們父子所開創的「米氏山水」（或稱「米派」），成了中國重要的山

水畫派之一，以揮灑自如、水墨點染、注重寫意為特點。可惜米芾的畫作沒有流傳下來。

除了在書法和繪畫上的傑出成就，米芾也是一位頗具影響力的收藏家，凡是經他收藏、品題之物，都立刻身價百倍。在他所寫的《畫史》這本書裡，後人不僅可以讀到米芾對於繪畫的創作心得，還可以看到他對於收藏、品鑑歷代名家書畫精品的經驗。

或許由於本身是一位書畫家，米芾特別喜歡蒐集雅緻的文房四寶，尤其喜歡蒐集名硯，甚至還「強行」取走一個皇上的硯臺。

一次，宋徽宗趙佶（西元1082—1135年）命米芾在一個大屏風上寫字。宋徽宗自己也是一位出色的書法家，他所創造的「瘦金體」也是很有名氣的。不過，要在皇上面前寫字，米芾當然不會怯場。當旁邊侍奉皇上的人正要去取筆硯的時候，徽宗指著自己御案上的一方端硯，叫米芾就用這個硯臺來寫。等到米芾寫好了，沒有把硯臺放回原位，而是大膽懇求徽宗把這個硯臺賜給自己，理由是既然已經被他用過了，就不能再供御用啦。徽宗一聽，果真欣然將這個御用硯臺賜給了米芾，米芾高興得手舞足蹈，趕緊將還帶有殘餘墨汁的硯臺揣入懷中，即使衣服馬上就被染黑了也毫不在意。

只要米芾蒐集到一個好的硯臺，就會一連好幾天都抱著心愛的硯臺一起睡覺，可謂愛硯成痴。但他不僅僅是停留在觀賞的層次，還寫過一本《硯史》，對於各種硯臺的產地、特質、色澤、工藝等等都做了深入的研究。

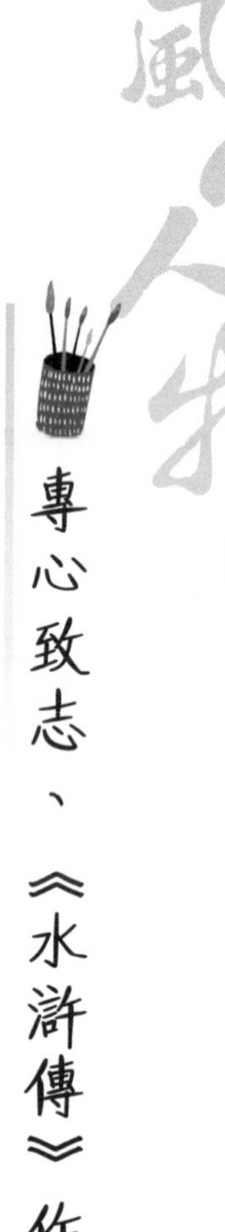

專心致志、《水滸傳》作者

施耐庵

（約西元1296—約1370年，元末明初）

中國古典四大名著按成書的順序分別是《水滸傳》、《三國演義》、《西遊記》和《紅樓夢》。施耐庵是《水滸傳》的作者，原名彥端，字肇瑞，號子安，別號耐庵。後來他反而是以耐庵這個別號傳世。

關於「耐庵」這個名字的由來還有一個小故事。據說當他在一邊講學一邊寫《水滸傳》的時候，一天，寫到石秀智殺裴如海、頭陀敲木魚這一段，突然想到東林庵珍藏了一副木魚木槌，一時好奇，便跑去問為何要珍藏這麼一副木魚木槌，看上去好像並沒有什麼特別的呀，人家就告訴他，這庵裡原來住著一個老和尚，每天念經拜佛非常虔誠，總是一邊念經一邊敲著木魚，久而久之把木魚都敲出一個凹陷，說著就指給他看，並表示庵裡珍藏這副木魚木槌就是想要告訴大家，不管做什麼事都要專心致志。他聽了以後，頗受觸動，於是寫了「耐庵」兩個字貼在自家門楣上。「庵」這個字是圓形草屋、小廟的意思，「耐庵」應該是期勉自己在屬於他的這個庵裡耐得住寂寞，一定要以堅強的意志克服萬難來完成《水滸傳》吧。外人不知道他寫這兩個字的用意，可慢慢愈來愈多的人都喜歡稱呼他為「耐庵先生」，後來他也覺得這個名字很不錯，於是就乾脆改名叫做施耐庵了。

有關施耐庵的生平事蹟，歷史上留下來的很少，自二十世紀二〇年代以後，雖然在中國大陸江蘇省的興化和鹽城等地都陸陸續續發現了一些相關資料，但有些都互相矛盾。綜合來看，我們大約可以了解以下一些信息，比方說，施耐庵是孔子七十二傑出弟子（「孔門七十二賢」）之一施之常（生於西元前546年，卒年不詳）的後裔，從唐朝末年以後，施之常的後人就在江蘇蘇州為家，蘇州成了施耐庵的祖籍，而他則是江蘇興化人；父親是船夫；他從小聰敏好學，才氣過人，對父母很孝順，為人正直，很有正義感；十三歲入私塾，十九歲中秀才，二十九歲中舉人，三十六歲與劉伯溫（西元1311—1375年）同榜中進士（劉伯溫後來成了明朝開國元勛）；之後一直到四十歲在錢塘為官三年多，因為與當局格格不入，終棄官回鄉，《水滸傳》就是在他回鄉之後所寫的。

元朝時期種族歧視的情況非常嚴重，朝廷總是打壓漢人，包括經常向漢人收取各種名目繁雜的賦稅，長期以往終於引起漢人普遍且強烈的不滿，從西元1325年（大約在施耐庵二十九歲中舉人那年），就開始發生了民變，與此同時統治階層內部卻在為了爭奪權利而互相征戰，無疑加速了元朝的衰落，各地起義行動益加頻仍。其中張士誠（西元1321—1367年）是位於江浙一帶的義軍領袖與地方割據勢力之一，有一種說法指張士誠敬慕施耐庵的能力，網羅施耐庵作為軍師，施耐庵也盡心盡力為張士誠獻策，可是因為張士誠獨斷專行，根本聽不進什麼意見，後來施耐庵見張士誠竟然有意要向元朝投降，大不以為然，在屢諫無效的情況之下，只得離開張士誠來到江陰祝塘東林庵教書，不久朱元璋（西元1328—1398年）發兵圍攻平江，戰亂波及江陰，施耐庵遂在友人的協助之下，帶著家人和門生羅貫中（約西元1330—約1400年）渡江北上，來到興化附近避難，就此隱居，專心進行《水滸傳》的創作。

還有另外一種截然不同的說法，是說在施耐庵六十歲左右，張士誠徵聘施耐庵，施耐庵不應，然後就一直在祝塘鎮教書，直到西元1368年在他七十二歲左右遷居興化。這年明朝初立，明太祖朱元璋聽劉伯溫盛讚施耐庵，說施耐庵很有本事，不僅文章寫得好，還會命相、看風水、醫病、占卜等等，甚至還說「施耐庵的本領勝過臣十倍」，於是朱元璋也想征召施耐庵出來為朝廷效力，但同樣屢徵不應，過了兩年，施耐庵就過世了。

無論如何有一點似乎是可以確定的，那就是《水滸傳》的題材和元朝末年各地風起雲湧的農民起義有著微妙的聯繫，《水滸傳》中以宋江為首的梁山一百零八個好漢，實際上就是元末起義軍將領們的影子。

據說《水滸傳》中許多地名都取之於祝塘附近，譬如書中重頭戲「三打祝

家莊」，所謂的「祝家莊」其實就是祝塘鎮，而「武松打虎」的景陽崗，實際上也是在祝塘鎮附近的後陽崗。

施耐庵在寫完《水滸傳》之後沒過幾年就病故了，然而六百多年以來《水滸傳》仍然魅力不減，深受廣大讀者的喜愛。

羅貫中

中國章回小說鼻祖、《三國演義》作者

（約西元1330—約1400年，元末明初）

羅貫中是施耐庵（約西元1296—約1370年）的門生，比施耐庵小了大約三十四歲。他原本叫做羅本，字貫中，號「湖海散人」，這個稱號頗有幾分浪跡天涯的瀟灑味兒。他被後世稱為「中國古代小說之王」，對中國小說的發展具有劃時代的意義，代表作是《三國演義》。

全書以宏大的結構描寫了三國時期一連串複雜的政治和軍事活動，起自黃巾起義，終於西晉統一。羅貫中分章敘事，分回標目，每一回的故事都相對獨立，但全書讀來又是相互聯繫、首尾相連，形成一個整體的架構。同時，他還保存了宋元話本喜歡在開頭引開場詩、結尾用散場詩的慣有做法，正文常以「話說」開始寫起，寫到高潮處則以一句「欲知後事如何，且聽下回分解」作為結束，中間還經常引用詩詞曲賦來作為場景或人物的描寫。這些做法幾乎都被後來許多章回小說所沿用，所以羅貫中也被稱為「中國章回小說的鼻祖」。

羅貫中是山西並州太原府（今山西太原）人，父親是絲綢商人。他從七歲開始入私塾學習四書五經，十四歲那年由於母親病故，他無心繼續念書，便輟學隨父親去杭州、蘇州一帶做生意。但實際上天生具有文藝氣息的羅貫中對於經商根本不感興趣，後來在父親的同意下來到浙江慈溪，跟隨當時著名的學者趙寶豐（生卒年不詳）學習。

大約在十五至二十五歲這段期間，羅貫中來到了杭州。元朝一共九十七年（西元1271—1368年），中期以後，由於滅掉南宋對社會造成的戰爭創傷逐漸平復，全國經濟、文化的重心也逐漸從北方轉移到了南方，南宋的故都杭州不僅商業發達，同時也是戲劇演出以及「說話」藝術發展的重心。所謂「說話」，在唐宋是民間藝人講故事的專稱，興盛於兩宋時期，相當於近代的「說書」，到了明清兩代「說話」藝術仍然很流行，以講述歷史故事最受歡迎。

羅貫中一到杭州，接觸了很多「說話」藝人和雜劇作家，再加上他本來就很喜歡民間文學，遂如魚得水，不願離開。

西元1368年，明朝建立的時候，羅貫中大約三十八歲。按史料記載，雖有矛盾之處，但大體可以看出羅貫中在元末動亂中曾經也想過要有一番作為，只

是沒有機會，於是才轉為著書立說。一般推測羅貫中寫《三國演義》（最初叫做《三國志通俗演義》）應該是在他三十九歲以後。

而在他完成《三國演義》之後，為了紀念已故的師傅施耐庵，他決定加工、增補施耐庵所寫的《水滸傳》。也就是說我們現在讀到的《水滸傳》，其實裡頭也有羅貫中的心血。有些學者在提到《水滸傳》時甚至會注明「施耐庵原創，羅貫中編輯整理成書」。

羅貫中享年七十歲左右。他的創作才能是多方面的，除了小說，也寫過不少詞曲、戲曲和樂府隱語（「樂府」是民歌音樂，「隱語」類似後世的謎語），但還是以小說的成就最大，有學者統計羅貫中一生「編撰小說數十種」，創作力相當驚人。

他特別偏好寫政治歷史題材的小說，《三國演義》就是最好的例子，目前流傳下來署名羅貫中的作品，也大多都是這一類的作品，譬如《隋唐志傳》、《殘唐五代史演義傳》、《十七史演義》等等。

由於羅貫中經歷過元朝末年的動亂，親眼目睹戰爭帶給百姓的痛苦，有學者發現他似乎特別喜歡以亂世作為題材，中國歷史上只有七個分裂的、不屬於大一統的時代，羅貫中就寫了三個（譬如《三國演義》的背景，三國時期就是一個分裂的時代）。

羅貫中的成功，首先來自於他對歷史資料的熟悉，以及對歷史人物的深刻揣摩。以《三國演義》為例，他先深入研讀吸取三國時期蜀漢及西晉史學家陳壽（西元233—297年）《三國志》的優點（這對羅貫中來說差不多是一千年以前的著作），再吸收民間話本《說三分》的精華，並廣泛蒐集了上百個精采的故事，最後再統統熔於一爐。

在《三國演義》裡頭，羅貫中不僅塑造了很多生動的人物，還特別善於寫戰爭場面，全書至少有上百場戰爭，每一場都寫得各具特色，絲毫沒有重覆，其中寫得最精采的莫過於發生在西元208年的赤壁之戰。這是三國時期「三大戰役」中最著名的一場，也是中國歷史上以少勝多、以弱勝強的戰役，孫權（西元182—252年）和劉備（西元161—223年）聯軍在長江赤壁（今湖北赤壁市西北）大敗曹操（西元155—220年），確立了三分天下的局面，同時這也是中國歷史上第一次在長江流域進行的大規模江河作戰，情節跌宕起伏，出場人物眾多，可羅貫中都駕馭得很好，還非常善於製造緊張的形勢，牢牢抓住讀者的目光，令人在閱讀的時候深感暢快淋漓、欲罷不能，讀後又掩卷難忘、回味不已。

語言清新也是羅貫中作品的一大特色，從半文半白到口語化、方言化，讀

來非常親切易懂又不俗氣。總之，羅貫中的作品，尤其是《三國演義》的出現，代表著中國古代小說從「話本」的層次過渡到章回體小說，不僅揭開中國小說歷史嶄新的一頁，也為明代中後期白話短篇小說的鼎盛及進步奠定了良好的基礎，這些都足以說明羅貫中在中國小說史上所取得的巨大成就。

人生貴適意

唐寅

（西元1470—1524年，明朝）

唐寅，字伯虎，世人皆以「唐伯虎」稱之，是明朝著名的畫家、書法家和詩人。

他的祖上曾經有人頗為顯赫，譬如在距離他超過一千年以上的前涼（這是東晉十六國中的北方大國），有祖先做過將軍；往下到了唐初，有祖先因跟隨過唐高祖李淵（西元566—635年）起兵而受到封賞；到了明朝，在唐伯虎出生前二十一年（西元1449年），還有一位祖輩在朝廷任職後來死於土木堡之變，土木堡坐落在居庸關至大同長城一線的內側，這個事件是指明英宗朱祁鎮（西元1427—1464年）北征瓦剌的兵敗事變。之後唐家的子孫大多散居在蘇州吳縣白下、橋里間一帶，唐伯虎也正是出生在這一帶。

他的父親經營一家小酒館，家裡的經濟條件是不錯的，只是社會地位不高，所以父親還是希望兒子能夠參加科舉，以此光耀門楣。唐伯虎從十三歲開始閉門讀書，三年後中蘇州府試第一，得以入庠讀書（「庠」是古代的學校）。

在他二十四歲這一年，父親撒手人寰，家境逐漸衰落，而且更悲慘的是在接下去的一兩年之內，他的母親、妻子、兒子還有妹妹竟然也都相繼過世，唐伯虎大受刺激，心境十分悲涼，一度幾乎要放棄科考，在好友祝枝山（西元1461—1527年）的反復開導和規勸下，總算重拾書本，重新振作起來繼續準備科考。（祝枝山後來也成了明代著名的書法家）

四年後（也就是在唐伯虎二十八歲這年），他中了鄉試第一名（稱做「解元」）。翌年，唐伯虎與好友徐經（西元1473—1507年）一起同船赴京會試。徐經比唐伯虎小三歲，家境富裕，隨行還帶了幾個賣藝的童子，到了京城之後，處處引人側目。不巧這年的考題非常冷僻，很多人都答不上來，會試中三場考試一結束，馬上就有流言，盛傳「江陰富人徐經在考前賄賂考官取得了試題」，一時之間在京城傳得沸沸揚揚。

朝廷得知此事，立刻查辦。後來雖然所謂主考官賣題一事沒有查到實據，可畢竟徐經在來到京城之後曾經拜訪過主考官程敏政（西元1446—1499年），

送過禮物，唐伯虎也用一個金幣向程敏政乞文，想要帶回去送給鄉試的主考官，所以最後徐經和唐伯虎都被削除仕籍，發充縣衙小吏使用，程敏政則因此罷官還家。

這件科考舞弊疑案對三個當事人的影響都很大。程敏政歸家後不久就因憤鬱發疽而亡。徐經一方面讀書，另一方面又一心盼望能夠得到赦令，再返科舉仕途，西元1506年又北上想要到京師探聽消息，結果因不勝旅途勞頓，再加上科場失意之後身體愈來愈差，隔年客死京師，死的時候才三十四歲。徐經是徐家由盛而衰的關鍵，不過他的玄孫（曾孫的兒子）在歷史上留下了美名，那就是明代地理學家、旅行家和文學家徐霞客（西元1587—1641年）。

至於唐伯虎，在經歷了下獄、飽受折磨的遭遇之後，從此再也不願涉足官場，恥為官吏。而為了維持生活，只得拾起畫筆，作畫賣錢，一有了錢就飲酒買醉，或呼朋引伴花個精光。在旁人看來，他是消極而頹廢的，然而他自己似乎頗能苦中作樂。有時碰到颳風下雨，畫作賣不出去，沒錢買食物，就只能忍受飢餓，他還自我解嘲，說「三日無煙不覺飢」（「無煙」是因為沒米下鍋當然就升不了火了）。

唐伯虎享年五十四歲，至辭世為止，除了在四十四歲那年曾受寧王朱宸濠（西元1479—1520年）招聘而短暫去過南昌之外（後因察覺寧王有謀反之心，於是趕緊裝瘋賣傻而脫身），唐伯虎長達二十多年都是秉持著「人生貴適意」的生活態度，按他自己的形容就是「別人笑我忒瘋癲，我笑他人看不穿」，自由自在，寄情於藝術，又喜歡流連于市井小巷。

後世談及唐伯虎，總說他是「風流才子」，首先我們要知道古人口中的「風流」不是現代人認知的「花心」、甚至「下流」的意思，而是高度的讚美

之詞，形容一個文人風采翩翩、才華橫溢，譬如北宋才子蘇軾（西元1037—1101年）的名句「大江東去，浪淘盡，千古風流人物」，所以，用「風流」一詞來形容唐伯虎，主要是推崇他的才情，不過，有學者認為或許也與仕女畫在唐伯虎畫作中占了很大的比例有關。

縱觀唐伯虎的一生，主要成就就是在繪畫，其次才是文學。他擅長山水，而且難能可貴的是，唐伯虎是將過去北方山水畫派與南方山水畫派糅合起來，產生了一種嶄新的風格，呈現出一種剛柔相濟之美。除了山水，他也畫人物、侍女、花鳥、竹木，幾乎無所不工。此外，唐伯虎的畫作往往還會配上優美的詩文和書法，他的書法風格比較飄逸，這些都和他的畫作相映成趣，被當時的人們讚為「神品」。

後世將唐伯虎與沈周（西元1427—1509年）、文徵明（西元1470—1559

年）、仇英（約西元1498—1552年）並稱為「明四家」，意思就是明代四位最傑出的畫家。

唐伯虎還將自己繪畫的心得與歷來關於繪畫的理論整理編成《畫譜》一書，對中國繪畫藝術理論總結也做了一番貢獻。

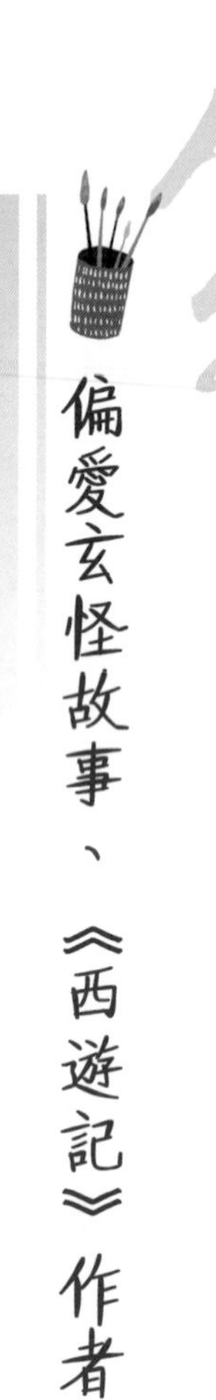

吳承恩

偏愛玄怪故事、《西遊記》作者

（西元1506—約1583年，明朝）

《西遊記》成書於明朝，但是在明朝所刊行的百回本《西遊記》都沒有作者署名，直到將近兩百年後，在清康熙、乾隆時期一位古文字和考古學家吳玉搢（西元1698—1773年）經過深入考證，認定《西遊記》的作者是他的同鄉吳承恩。從此，儘管在學界還是有人對此說法持有異議，但「《西遊記》的作者是吳承恩」基本上仍然算是被普遍接受，世人也才開始慢慢了解吳承恩。

吳承恩生活在明朝中期，字汝忠，淮安府山陽縣（今江蘇淮安）人，祖籍安徽桐城。由於淮安在漢代曾經叫做射陽縣，縣的東南還有一個湖泊叫做射陽湖，所以吳承恩就以「射陽」為號，經常自署「射陽居士」，後代也有人稱他為「射陽山人」。

他的父親名叫吳鋭（西元1461—1532年），為人忠厚，是一個做小本買賣的生意人，四十五歲那年才得子吳承恩，自然是異常寵愛，經常給兒子講故事，多半都是一些神怪故事，而且一有時間就帶著兒子遊遍附近的名勝古剎，盡力開闊吳承恩的眼界。

由於吳家的祖上曾經做過官，吳承恩從小又表現得很是聰慧，讀書幾乎可以做到「一目十行，過目成誦」，更難得的是他還非常勤奮好學，父親見狀自然是格外欣喜，對這個寶貝兒子寄予厚望。

吳銳還有一套特殊的教育法；他特意讓兒子在晾乾後剝開的蒲根上寫字，一方面讓吳承恩練字，另一方面也鍛鍊他的意志力和筆力。

按《淮安縣志》的記載，吳承恩在少年時期就才氣縱橫，除了文采出眾，還頗善書法，精於繪畫，愛好填詞度曲（「填詞」相當於現代的填寫歌詞，「度曲」相當於作曲），對圍棋也很精通，還很喜歡收藏名人的書畫法帖，在當地小有名氣，很多人都知道吳家這個少年很不簡單。

在閱讀方面，或許是受了父親的影響（他的童年中可滿是父親所講述的神怪故事啊），吳承恩儘管也算是博覽群書，但偏愛《百怪錄》之類非主流的小說和稗官野史，以及一些帶著玄怪色彩的民間故事，這應該也為他日後創作《西遊記》汲取了一定的營養。

在吳承恩二十三歲那年，來到淮安知府葛木（生年不詳，卒於西元1535年）的龍溪書院就讀。龍溪書院是葛木一到任就創辦的，並且每月還會定時親自前來授課。葛木很欣賞和愛護吳承恩，多年以後吳承恩還寫詩回憶了這段愉快的求學時光。據說吳承恩在三十歲左右已經有意從事文學創作，但受到恩師的影響，對於當時政治腐敗的情況非常不滿，同時，由於葛木多次勸告鼓勵吳承恩進取功名，久而久之吳承恩也漸漸萌生出想要成為一個清官、好官的理想。

然而，儘管有才華，他的科舉之路卻並不順利，從三十多歲開始應舉之後，吳承恩屢遭挫敗，直到四十四歲才終於補得一個「歲貢生」（相當於今天保送生的概念）。對於科舉不順，吳承恩一方面有感於辜負了父親及恩師的期望（這時他們都已過世十幾年了），內心倍感慚愧（他曾經為此寫過文章，描述自己的心情），另一方面對於八股取士科舉制度的種種弊端也有了比較深刻的認識，使他對現實不滿的情緒更加強烈，後世學者認為，這多少應該也是吳承恩日後會選擇以神話鬼怪故事來抒發憤懣之情，並寄託自己理想的原因。

翌年，吳承恩任河南新野知縣。雖然只是一個小官，吳承恩還是做得非常認真。他大力鼓勵教育，興修水利，加強地方基礎設施，而且為官清廉，這在當時官場腐敗早已是普遍現象的情況之下顯得尤其特別，當然也很格格不入。結果，才做了兩年左右，吳承恩就離開河南新野，開始周遊湖南新化古梅山，寧可以賣文寫書為生。

這樣過了大約三年，在他五十歲時，為了奉養老母親，吳承恩又重新踏入官場，去做了浙江長興縣丞。此時《西遊記》應該已經寫了前面的十幾回。後來吳承恩因為種種變故，包括受人誣告、與長官不合、母親病故等等，《西遊

記》的創作中斷了好幾年，直到他晚年辭官回到故里，才得以繼續進行《西遊記》的創作。

吳承恩大約享年七十七歲，晚年可以說是在貧窮中度過。他在世時頗不得志，可是四百多年以來《西遊記》卻始終歷久不衰，擁有極為強勁的生命力，隨著時代的變化，總有讀者會不斷對《西遊記》做各式各樣的解讀，這是因為儘管《西遊記》是充滿想像、洋溢著浪漫主義色彩的作品，但裡頭還是處處都有現實的影子，能讓人有所觸動。

除了《西遊記》，吳承恩還寫過一部短篇小說集《禹鼎志》，遺憾的是已經失傳，現在只能看到一篇自序。他的詩文作品也大多都已散失，僅後人所集的四卷《射陽先生存稿》存世。

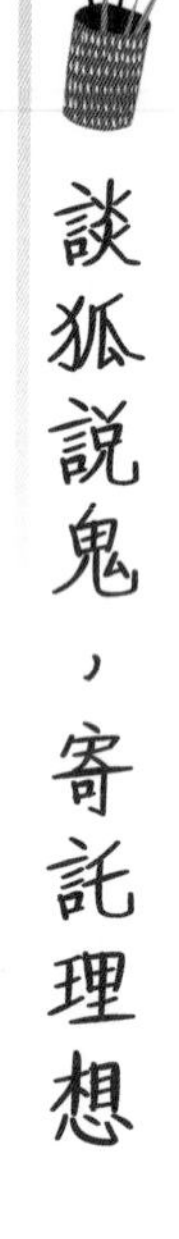

蒲松齡

談狐說鬼，寄託理想

（西元1640—1715年，清朝）

《聊齋誌異》（簡稱《聊齋》）被譽為中國成就最高的文言短篇小說集，使中國古代短篇小說的藝術水準達到了前所未有的高度。這本書的作者就是蒲松齡。

蒲松齡字留仙，一字劍臣，別號柳泉居士，世稱聊齋先生，自稱「異史氏」（這是他在《聊齋誌異》中的自稱）。他是山東淄博人，出生於明朝末年崇禎年間。滿清入關那年（西元1644年），他還只是一個四歲的孩子，年幼的他，在耳聞大人驚恐萬狀的描述清軍如何在揚州屠城，又是如何在山東鎮壓農民起義，還有許多在市井小民之間流傳的不可思議之事，應該都在他的腦海留下了深刻的記憶。

蒲家祖上原本還不錯，但是到了他父親這一輩，在改朝換代、社會動盪的衝擊之下便逐漸敗落。蒲松齡從小就很喜歡讀書，也很喜歡舞文弄墨，自然就跟當時絕大多數的讀書人一樣，希望能夠透過科舉考試出人頭地。他在十九歲時應童子試，一鳴驚人。

所謂「童子試」，又稱「童試」，是科舉時代參加科考的資格考試，在唐朝、宋朝稱「州縣試」，明清兩代則稱「郡試」，包括縣試、府試和院試三個階段，蒲松齡接連考取縣、府、道三個第一，考中秀才，受到山東學政（這是清朝地方文化教育行政官），也是清朝政治家和文學家施閏章（西元1619—1683年）的高度讚賞。這個時候的蒲松齡想必是很多人羡慕的對象，看起來前途一片光明。

哪知在科舉這條路上，這居然就已經是他最光輝的時刻。從十九歲以後，蒲松齡就屢試不第，直到四十六歲才終於被補為一名廩膳生（相當於拿獎學金的秀才，由公家給以膳食），然後又熬了二十幾年，至七十一歲高齡總算成為一名歲貢生，但四年後他就與世長辭了。

為了生計，蒲松齡大半生除了依靠微薄的田產，主要就是替人做幕僚和私塾老師，一做就是四十幾年，直到六十九歲才「撤帳歸家」（就是說不再教書了）。他的一生，在當時看來顯然是潦倒、不得志的，但由於寫了《聊齋誌

異》，這個窮秀才最後不僅得以在中國歷史上留名，大名甚至還遠播國外。

蒲松齡大約在二十幾歲與兩個哥哥分家並且開始做私塾老師以後，就開始寫《聊齋誌異》了，有一個朋友發現他為了創作影響到應考，還曾經寫詩勸過他，其中有一句是「聊齋且莫競談空」，意思是說別寫小說了，還是趕快專心準備考試吧，可蒲松齡不聽，還是沉迷在自己的創作世界中無法自拔。

在他四十歲左右，《聊齋誌異》已基本完成，書名也定下來了。「聊齋」是蒲松齡書屋的名稱，「誌」是記載的意思，「異」自然就是指奇異、奇特的故事。不過，接下來至辭世為止，蒲松齡又花了三十幾年的時間不斷的增補修訂，最終成書的規模一共八卷、將近五百篇故事，超過四十萬字。蒲松齡運用唐朝傳奇小說的文體，以談狐說鬼的手法，將幽冥世界、花妖狐魅加以人格化和社會化，對當時普遍存在的諸多社會問題尤其是關於黑暗和腐敗的一面，做了強而有力的批判，同時也寄託了自己豐富的情感以及對美好生活的期待，充滿了浪漫主義的色彩。

遺憾的是，這部可以說窮蒲松齡畢生心血和精力、廣受後世推崇的作品，蒲松齡由於家貧無力印行，在他過世以前都未能出版。《聊齋誌異》是在蒲松齡辭世半個世紀之後（西元1766年）才問世的。

關於蒲松齡是如何蒐集到那麼多的題材來寫《聊齋誌異》，有一個流傳很廣的版本是說，蒲松齡擺了一個茶攤，請過路人一邊喝茶一邊講故事，只要聽到奇特、奇異的故事，他就會記下來，回去以後再加工。儘管學界幾乎都認為這種說法極不可信，只能視為一段軼事，但蒲松齡除了發揮自己的想像力來創作《聊齋誌異》之外，確實還頗費心思的從許多民間傳說、稗官野史、還有古人的書裡頭去尋找素材。根據後世學者的統計，《聊齋誌異》差不多有五分之

一的故事都是改寫自前人的作品。

譬如，在六朝小說和唐朝傳奇小說中有三個小故事，叫做「紙月」、「取月」、「留月」，故事的篇幅都很短小，都只有幾十個字、頂多一百多字，「紙月」是講有人可以剪一個紙的月亮來照明，「取月」是有人能夠把月亮拿下來放在懷裡，需要的時候就拿出來照照，「留月」則是說有人能夠把月光放在自己的籃子裡，天黑的時候就拿出來用，蒲松齡吸收了這三個小故事的想像，再加入自己的創意，完成一篇現在大家都很熟悉的作品，這就是「嶗山道士」。

《聊齋誌異》出版之後，很快便頗受歡迎，多家競相翻印，還帶動了很多模仿之作。就連乾隆時期大才子紀曉嵐（西元1724—1805年）晚年以筆記形式所寫的文言短篇志怪小說《閱微草堂筆記》（成書於西元1789—1798年），也被認為是受到了《聊齋誌異》的影響。

不僅如此，在十九世紀中葉，兩篇選自《聊齋誌異》裡頭的故事（〈種梨〉和〈罵鴨〉）有了英文的版本，之後陸陸續續還有法文、德文和捷克語等十八種文字，至少有三十種譯本在全世界流行，並且有學者認為《聊齋誌異》還對日本文學的發展產生了重要的影響。

此外，除了《聊齋誌異》，蒲松齡還有大量詩文、戲劇和關於農業、醫藥方面的著述存世，總計將近兩百萬字，實在是一位辛勤筆耕的創作者啊。

詩書畫三絕

鄭板橋

（西元1693—1765年，清朝）

中國美術史上的「揚州畫派」，是指在清朝中期（精確的說是從康熙中期至乾隆末年），活躍在江蘇揚州地區一批風格相近的書畫家。另外還有「揚州八怪」的說法，但所謂「八怪」不見得就只是八位，即使是八位，歷來也沒有一個統一的說法，被點名的書畫家至少有十幾位，他們大多出身貧寒，生活清

苦，但品格高潔、狂放不羈，書畫成了他們抒發感情、寄託理想最好的方式，同時他們的書畫風格往往又能做到不落俗套，因此時人遂以「怪」字來形容。在「揚州畫派」和「揚州八怪」中，若要選一位代表性的人物，當首推鄭板橋。他的詩書畫，世稱「三絕」。

他本命鄭燮，字克柔，號理庵，又號板橋，人稱「板橋先生」。江蘇興化人，祖籍蘇州。在他出生的時候，家道已中落，相當貧困。三歲那年，鄭板橋的母親就病逝了，繼母對他很好，只是在他十四歲的時候，繼母又病逝了，幸而還有奶媽一直陪伴著他，給了他一個孩子在成長中所需要的關愛和溫暖。

鄭板橋從小天資聰穎，八、九歲時在父親的指導下已經能夠作文。他喜歡讀書，但是在二十三歲結婚以後，三個孩子陸續報到，生活十分艱難，迫使鄭板橋不得不中斷學業，勉為其難到私塾做起了教書先生。這份差事的收入微薄，家庭經濟狀況愈來愈糟，所幸妻子十分賢慧，總是想盡辦法找出一些東西拿到當鋪去，努力解決全家的溫飽。就在鄭板橋幾乎要被沉重的生活壓力給壓垮的時候，他最心愛的兒子又死了，這對他自然造成很大的打擊。

鄭板橋三十歲的時候，父親也過世了，此時家中經濟狀況已經糟到幾乎沒米下鍋的地步，還要經常應付上門討債的人，鄭板橋無奈之下不得不決定乾脆辭了教書的活兒，外出以賣畫為生。這一去就是十年，鄭板橋在四處賣畫之餘也遊歷了不少地方，包括長安、洛陽、北京、廬山等等，同時也不忘讀書，創作了不少詩文，在書法上也頗有心得，已初具日後為人所稱道的「六分半書」的書法風格。

這是他獨創的一種新的書體，以隸書、篆書兩種書體參和了行書、楷書，整體風貌看上去又是以隸書和楷書為主。由於隸書叫做「分書」或「八分書」，鄭板橋這種新的書體是介於在隸書和楷書之間，而隸書的韻味雖然多於楷書，但又不足「八分」，所以叫做「六分半書」。創新從來都是難能可貴的，就因為這樣突出的個人風格，使鄭板橋在中國書法史上具有一定的地位。

三十九歲那年，鄭板橋中了舉人；四十三歲那年中進士；五十歲時為山東范縣縣令，對他們一家來說似乎總算是苦盡甘來了。然而他的仕宦生涯僅僅十年就因得罪了上級而被罷官，宣告結束。當鄭板橋被罷官時，百姓都自動自發的湧上街頭激動的想要挽留他，然後家家戶戶都畫了他的畫像，還為他建造了生祠（一般祠堂都是為了紀念逝者，紀念還在世的人就叫做生祠）。

鄭板橋之所以能夠如此深獲民心，主要是由於他能真心為老百姓著想。譬如，當他從范縣調職至濰縣（今山東）做縣令的第二年，濰縣發生了一場百年難遇的大旱，再加上前兩年當地才剛剛發生過瘟疫、蝗災等災難，造成糧食嚴重短缺，百姓沒東西吃，甚至出現了人吃人的慘事，鄭板橋心急如焚，等不及按照規矩請求上級批准，就毅然決定要立刻開倉放糧，賑濟災民，救活了成千上萬的百姓。

解職之後鄭板橋就以居住在揚州為主。從這個時候開始一直到他七十二歲辭世，是鄭板橋書畫藝術的成熟期，他也成了「揚州畫派」的領軍人物。

儘管鄭板橋在很多藝術類別都表現出色，但書法和繪畫還是他成就最大的兩個領域。關於繪畫，他一生只畫蘭、竹、石，自稱「四時不謝之蘭，百節長青之竹，萬古不敗之石，千秋不變之人」。想想他的一生即使遭到種種困頓和打擊，可依然堅守原則，以一種豁達的胸襟面對人生，「難得糊塗」正是他的名言，意思是說很多事情不是不知道，其實心裡明白得很，只不過是裝作糊塗、不多糾結而已。有人說難怪鄭板橋只畫蘭、竹、石，因為他就像蘭花一般的高潔，竹子一般的挺拔，磐石一般的堅強。

更特別的是，鄭板橋還能將書法和繪畫這兩種藝術融合在一起。乾隆時期的文學家蔣士銓（西元1725—1784年）就曾經評論「板橋寫字如作蘭」，又說「板橋作蘭如寫字」。他在寫書法時經常不是按照傳統慣例直直寫到底，而且每一個字往往不在意要保持一樣的大小，或是同一種模樣，甚至還有些故意要寫得「大大小小、方方圓圓、正正斜斜、疏疏密密、濃濃淡淡」，可是每幅書法作品整體看上去總是非常奇妙，能給人一種彷彿是繪畫般的美感，相當特別。

鄭板橋的詩詞和散文創作也很出色，不僅寫了很多主題廣泛的詩詞作品，編訂了《詩鈔》、《詞鈔》（就是詩集、詞集選本的意思），還有幽默風趣、廣為傳頌的散文作品《家書》。

他的風趣，來自於他的率真。鄭板橋可以說是有史以來第一位明碼標價賣畫的文人。他定下了「板橋潤格」（「潤格」就是為人作詩文書畫所定的報酬標準），「大幅六兩，中幅四兩，小幅二兩，條幅對聯一兩，扇子斗方五錢」（「斗方」一般是指25—50釐米見方的書畫作品），除了明碼標價，鄭板橋還訂了一些提示，譬如「凡送禮物食物，總不如白銀為妙；公之所送，未必弟之所好也。送現銀則心中喜樂，書畫皆佳。禮物既屬糾纏，賒欠尤為賴賬。年老體倦，亦不能陪諸君做無益語言也」。「文人賣畫」在一般人眼中似乎是一件俗氣的事，大多數文人都恥於談錢，實際上心裡又明明十分介意，像鄭板橋這樣坦蕩大方、毫不矯揉造作的率真，反而使他顯得真實可愛。

吳敬梓

中國諷刺文學的奠定者

（西元1701—1754年，清朝）

吳敬梓字敏軒，一字文木，號粒民，安徽省滁州市全椒縣人，是清朝最偉大的小說家之一。他享年五十三歲，晚年自稱「文木老人」，又因從家鄉移居至江蘇南京秦淮河畔，所以還有一個稱號叫做「秦淮寓客」。

他一生創作了大量的詩歌、散文和史學研究著作，有《文木山房詩文集》

十二卷，今存四卷。不過，確立吳敬梓在中國文學史上傑出地位的，還是他花了近二十年、一直到四十九歲才完成的長篇諷刺小說《儒林外史》。

在中國小說史上，《儒林外史》是一部具有開創意義的傑作，與稍後出現的《紅樓夢》同樣成為中國小說發展史上的高峰。在《儒林外史》之前，已經有了《水滸傳》、《三國演義》、《西遊記》等著名的白話章回體長篇小說，但《儒林外史》的風格與這些作品截然不同，是明明白白以現實主義為基礎，以「諷刺」作為美學追求，在這方面的成就還是相當突出，在中國小說發展史上具有不可取代的地位。

其實中國現實主義文學的傳統非常久遠，最遠可以一直追溯到西周初年至春秋中葉（也就是西元前十一至前六世紀）的《詩經》。所謂現實主義文學，簡單來講，核心精神就是要直接揭露並批判現實生活中所存在的某種（或某些）問題。在《詩經》之後，繼承這種現實主義藝術的當屬「樂府」（這是一種帶有音樂性的詩體名稱），都真實的反映出老百姓、尤其是生活在社會底層老百姓的心酸與苦痛，譬如中國文學史上第一部長篇敘事詩，取材自東漢年間一樁婚姻悲劇的《孔雀東南飛》就是這樣的例子。到了唐代，「詩聖」杜甫（西元712—770年）以詩作把現實主義的精神發揚光大，時隔一千年後，吳敬梓把現實主義注入到小說藝術當中。《儒林外史》的故事背景雖然假託明朝，實際上所描述的就是真實的封建社會，這種寫作態度需要極大的勇氣。

吳敬梓在《儒林外史》中，以無比犀利的筆觸批判了封建科舉制度腐朽不堪的本質，以及對廣大讀書人心靈上殘酷的戕害。在他的筆下，無論是迂腐無奈、在科舉之路苦苦掙扎的讀書人，或是那些虛偽的自命名士之流，以及一堆趨炎附勢的勢利小人，一個個都入木三分，就是當時社會極其真實的生活畫卷，開創了中國文學史上以小說來呈現現實生活的先例，一脫稿即有手抄本傳世，從清末文壇就廣受推崇，不僅奠定了中國諷刺小說的基礎，對後世文學產生了巨大且深遠的影響，而且至今歷久不衰，也早有英、法、德、俄、日、西班牙等多種文字傳世，就算在世界文學中也是一部重要的作品。

吳敬梓是怎麼寫出《儒林外史》的呢？他出生於官宦之家，從小就非常聰穎，善記誦。吳家世代為地方世族，遠祖在明朝永樂年間曾經被封為武官，受邑江蘇六合。高祖（曾祖父的父親）吳沛（生卒年不詳），博學多才，能文善詩，工書法，為人耿直，寧可貧困度日，也不願攀附權貴，即使受到官方徵召也謝而不往。吳敬梓的秉性氣質與他這位高祖還頗有幾分相似之處。

吳敬梓在少年時期就頗富文名。他讀書認真，但從來都不是死讀書，而是喜歡思考，勇於質疑。他在十三歲時喪母，翌年隨父親吳霖起（生卒年不詳）

赴贛榆縣（今江蘇東部沿海）就任。在這段時期，吳敬梓一方面受到父親嚴格的教育和培養，奠定了他深厚的文學基礎，另一方面從父親的遭遇，也使他對所謂的官場文化有了比同齡人深刻許多的體會。

吳霖起人品端正，為官清廉，做事認真，全力以赴，尤其格外重視教育。到任之初，他看到教舍幾近荒廢，馬上先捐出自己一年的俸錢四十兩，緊接著又變賣肥田三千畝以及布莊、銀樓等祖產，籌到近萬兩的資金，來修建多年前在大地震中被毀壞殆盡的文廟等建築，為當地文化事業做了很多貢獻，但即使是像吳霖起這樣可以說為公忘私的好官，最終竟然還是因不善巴結上司而被罷官。吳敬梓親眼目睹父親所受到的不公待遇，使他對官場的腐敗有了切膚之痛，因而不願涉足。所以，吳敬梓雖然在二十三歲中了秀才（同年父親亡故），但始終無意在科舉這條道路上更上一層樓。

三十二歲的時候，吳敬梓帶著家人來到南京，住在秦淮河畔。因為不善理財，再加上多年前在父親過世之後，太多族人來跟他爭奪遺產，吳敬梓在孤立無援的情況之下蒙受了巨大的損失，他的髮妻甚至因此氣憤鬱悶而死，這些打擊也都讓吳敬梓對封建社會的諸多弊端大為不滿。

總之，來到南京之後，儘管吳敬梓很快就成了文壇盟主，經濟情況卻很不好，即使如此，在他三十四歲那年，巡撫了解他的才華，想推薦他去應「博學鴻詞」科（凡是受到推薦都可以到北京考試，考試後就能任官，對很多人來說是一個大好的機會），但吳敬梓也沒有接受，因為他已看透這只不過是在科舉考試之外籠絡知識分子的一種手段罷了。

生性曠達、愛憎分明的吳敬梓，晚年尤其落拓縱酒，最終在貧困中走完了人生。

中國四大美人之首

西施

（生卒年不詳，春秋末期）

古典小說經常會用「沉魚落雁，閉月羞花」來形容一個女子的美麗，很多人都相信「沉魚」是代表西施，「落雁」代表西漢的王昭君（約西元前52－前19年），「閉月」是東漢末年的貂嬋（民間傳說中的人物），「羞花」則是唐朝的楊貴妃（也就是楊玉環，西元719－756年）。西施向來穩居四大美人之首，不過，這當然不一定因為她就是最漂亮的，很可能只是因為她所生活的年代是最早的。

自西元前770年周平王遷都洛邑（今河南洛陽）以後，就開始了大動盪的東周時代。東周前期史稱春秋，後期稱戰國。西施是春秋末期越國人，距離我們今天都已經兩千五百年左右了。

為什麼會用「沉魚」來形容西施的美麗呢？這就必須談到西施的工作。

西施本名施夷光，出生於越國苧蘿村（今浙江諸暨苧羅村），因為住在村西，所以稱為西施，後世尊稱其為「西子」。北宋文學家蘇軾（西元1037—1101年）詩句中「欲把西湖比西子」，裡頭所提到的「西子」就是指西施。她自幼隨母浣沙江邊，所以又稱「浣沙女」，所謂「浣沙」就是洗衣服的意思。

西施一天到晚都在溪邊洗衣服，據說水裡的小魚看到西施的倒影，覺得她實在是太美啦，看著看著竟然忘記了游動而沉到了水底。這就是「西施浣沙」的典故。也就是說，西施在還沒有被發掘，出馬去把吳王夫差（約西元前528—前473年）迷得神魂顛倒、耽誤了國事之前是一個「小魚殺手」。普遍認為這就是「沉魚」的典故，但其實這是後人積非成是的一種解釋。

「沉魚落雁」的說法實際上是出自《莊子・齊物論》，真正的意思是就算是像西施之類的美女，魚兒看到她也要趕緊避開，表示世間對於美醜甚至是非往往沒有一個絕對的標準。總之，據說西施後來是在越國大夫范蠡（西元前536—前448年）的感召下，走上了歷史的舞臺。按今天的概念來理解，她其實就是一個潛伏在吳國的女情報員。一般公認越王句踐（約西元前520—前465年）後來之所以能夠復國，滅了吳國，西施有著很大的功勞。

兩千多年以來，西施與范蠡的愛情故事在民間廣為流傳，但是這段動人的故事在史書上找不到任何記載。甚至根據學者考究，范蠡的家鄉在楚國三戶（今河南南陽浙川縣），與西施的故鄉相距遙遠，而兩人在年少時都從未離開過家鄉，幾乎可以說不可能有見面的機會。等到范蠡到了越國，做了高官，也不可能跑到諸暨去見在溪邊浣沙的西施，直到後來越王句踐為了腐化吳王夫差，特意向吳王夫差獻上兩位美女，其中一個就是西施，這個時候范蠡總算是有機會見到西施了，可是在當時那樣一個局勢之下，想必范蠡應該也不會有那個時間、機會和心思去和西施談戀愛吧。

至於是誰負責把西施獻給吳王夫差？史書上的記載也不一致，有的說是由范蠡送去的，也有的說是由越國另一大臣文種（出生年不詳，卒於西元前472年）送去的。

那為什麼西施和范蠡的愛情故事會流傳得這麼廣呢？不少學者推測，很可能是出於世人對於西施的同情。因為在吳國被滅之後，西施的遭遇有很多種說法，大多都挺悲慘，有的說西施在一種既欣慰於完成了任務、但又有感於對不起吳王夫差的矛盾情緒之下自縊；有的說是被憤怒的吳國人扔到了江裡；有的說是被越王句踐沉江；也有的說是戰後越王句踐想把西施收進宮中，結果被嫉妒的越國王后提前一步給殺了……在這麼多的說法裡頭，最普遍、其實也是大家最願意相信的一種說法就是，當范蠡自覺已成功輔佐越王句踐完成復國目標，並成就霸業之後，急流勇退，離開了越國，然後就把西施也一起帶走了。

此外，西施還留下兩個典故：

・「**西子捧心**」——相傳西施有心痛病，經常「捧心而顰」，就是說捧著自己的心口而皺著眉頭，但看起來仍然很好看，所以後來大家就用「西子捧心」來形容一個美女即使是生病了，病容看起來也是美麗的，甚至反而會更增

添其魅力。

・「東施效顰」——這個說法和「西子捧心」有一點關聯，出自《莊子・天運》。大致是說，因為西施經常心口疼痛，同村人都經常看到她皺著眉頭在鄰里間行走，村裡另外有一個長相不佳的女子看到了，以為皺著眉頭這個樣子很好看，大家都喜歡看，就也學著西施的模樣，皺著眉頭在村子裡到處走來走去，結果有錢人看見了，趕緊緊閉家門不出來，窮人看見了，則帶著妻子兒女遠遠的跑開。這個故事的重點在於，那個長相不佳的女子，只知道「皺著眉頭」好看，卻不知道為什麼會好看，其實根本原因在於皺眉頭的必須是一個美人哪。這個成語有兩種含義。第一，是諷刺某人只知道一味模仿別人，但不僅模仿得不好，反而還因此出醜；第二，是作為一種自謙的說法，形容自己實力不夠，雖然想要學習別人的長處，但遠遠還沒有學到家。

上書救父

緹縈

（生卒年不詳，西漢）

緹縈只是一個名，她姓淳于，所以應該叫做淳于緹縈，不過後世都習慣稱她為緹縈。

東漢史學家、文學家班固（西元32—92年）曾經有過這麼一番感嘆：「百男何憒憒，不如一緹縈。」「憒」是昏亂、糊塗的意思。為什麼班固會這麼說呢？好像一百個男孩都抵不上一個女孩緹縈？因為緹縈憑著無比的孝心和勇氣，不僅救了父親，也促使漢文帝（西元前203—前157年）進行了刑罰的改革。

「緹縈救父」的故事在《史記》裡至少有兩個地方都曾提及，一個是〈孝文本紀〉，另一個是〈扁鵲倉公列傳〉。

《本紀》是專為帝王所做的傳記，「孝文」指的是「孝文帝」，也就是西漢漢文帝劉恒，是西漢王朝第五位皇帝，漢高祖劉邦（西元前256—前195年）的第四子，被封為代王，為人一向低調。漢高祖死後，呂后（西元前241—前180年）大封諸呂為王，丞相陳平（生年不詳，卒於西元前178年）假意順從，即使自己被削奪了實權也沒有微詞。直到呂后一死，陳平就與太尉周勃（生年不詳，卒於西元前169年）合謀迅速平定了諸呂之亂，並迎立代王為文帝。

而《扁鵲倉公列傳》則是兩位名醫的合傳，一位是戰國時期的扁鵲（西元前407—前310年），另一位是西漢初年的淳于意（約西元前205—前140年）。由於淳于意曾任齊太倉令，所以人稱「倉公」。緹縈就是淳于意的小女兒。

淳于意棄官行醫之後，經常有很多人會從很遠的地方長途跋涉來找他求醫。雖然是生活在兩千多年以前，但是淳于意很有現代醫學的理念，按今天的話來說，他很重視病人的病史，每次看診都會做詳細的記錄，至於他在醫術方面的專精，也是不在話下，因此深受社會各界所景仰。然而，就是這麼一位非常有清望的名醫，有一次，卻因得罪了某些官吏而遭到誣告，並且被判處殘忍的肉刑。

當年漢高祖劉邦入關時與老百姓「約法三章」：「殺人者死，傷人及盜抵罪。」其餘法令則都還是沿襲秦朝，所以一直到西漢初年漢文帝的時候還是有肉

刑。所謂「肉刑」，一共分為五種，合稱「五刑」，包括在額上刺字（黥）、割掉鼻子（劓），斷足或砍去犯人膝蓋骨（臏）、去勢（宮）、斬首（大辟）。

噩耗傳來，全家都哭成一團，淳于意也不斷的唉聲嘆氣，埋怨自己的命不好，生了一大堆女兒，女兒實在是一點用處也沒有，如果有兒子，碰到如此危急時刻就能幫忙奔走，或許還有機會讓自己脫罪。

在淳于意即將要被押解到長安行刑的時候，緹縈非常擔心父親，不忍看父親受到肉刑的摧殘，便不顧家人的反對，堅持要與父親同行。

到了長安以後，小小年紀的緹縈先託人代寫了一封奏章，然後冒著生命危險，趁著有一天文帝出巡的時候，趁機攔路大喊「冤枉」。這一喊，驚動了文帝，結果，緹縈居然就這樣得到了一個寶貴的機會，能夠向文帝當面痛陳肉刑是多麼的殘酷。

我們不妨就來看看緹縈是怎麼說的。

緹縈上書曰：「妾父為吏，齊中皆稱其廉平，今坐法當刑。妾傷夫死者不可復生，刑者不可復屬，雖復欲改過自新，其道無由也。妾願沒入為官婢，贖父刑罪，使得自新。」

「坐法」，是因過錯犯法而獲罪；「復屬」，「屬」在這裡是連綴、連續的意思，「無由」是沒有辦法；「沒入」是指人口或是財產被沒收為官署所有。

這段話的意思就是：

緹縈上書朝廷：「小女子的父親擔任公職，齊國一帶都稱讚他廉潔公平，如今因為犯法將受肉刑。小女子感傷人死了不能再活過來，受了肉刑不可能復原，即使想要改過自新也抹不去刑罰的烙印。小女子甘願做官家婢女，以贖我父親的刑罪，讓他有自新的機會。」

漢文帝是一位仁慈的賢明君主。看了緹縈的奏章，聽了緹縈的陳述，大受感動，尤其是很佩服緹縈的勇氣，以及她救父心切的孝心，而且覺得她說的也很有道理，於是就召集大臣們說：「犯了罪該受罰，這是理所應當的，可是處罰結束以後也該讓犯人有重新做人的機會才是。照目前的做法，懲罰犯人就是在他臉上刺字或者毀壞他的肢體，這樣的刑罰怎麼能夠勸人為善呢？還是商量一個替代肉刑的辦法吧！」

後來，大臣們一商議，決定把肉刑改成打板子，原來被判要砍掉腳的改為打五百板子，原來判割鼻子的改為打三百板子。緹縈就這樣救下了她的父親。

不過，漢文帝廢除的是前三種肉刑，去勢（宮刑）和斬首仍然保留。《史記》的作者，也就是西漢史學家司馬遷，後來就是因為觸怒了漢武帝（西元前156—前87年）而被判了宮刑。

同時，新的刑罰一旦執行起來也還是有新的問題，原來不少犯人根本挨不了三百、五百下板子就被活活打死了，所以後來到了漢文帝的兒子漢景帝（西元前188—前141年）在位時期，才把打板子的刑罰又減輕了一些。

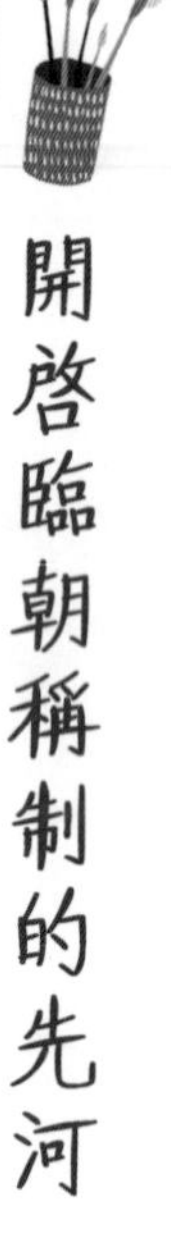

呂后

開啓臨朝稱制的先河

（西元前241—前180年，西漢）

呂后本名呂雉，是漢高祖劉邦（西元前256—前195年）的原配妻子，碭郡單父縣（今山東菏澤市單縣）人。在劉邦過世以後，呂后被尊為皇太后。她是中國歷史上記載的第一位皇后和皇太后。同時，她也是自秦始皇（西元前259—前210年）統一中國，開始實行皇帝制度之後，第一位臨朝稱制的女性，可以說是呂后開啟了臨朝稱制的先河。所謂「臨朝稱制」，簡單來講就是后妃掌權，跟清末慈禧太后（西元1835—1908年）的「垂簾聽政」，在本質上沒有什麼不同。

不過，呂后臨朝稱制十幾年，崇尚黃老之術，實施與民休息的政策，廣受好評。尤其她還廢除了「挾書令」，這更是一大功績。「挾書令」原本是當年秦始皇所執行的酷刑，凡是收藏違禁書籍就會被處以滅族，秦始皇焚書坑儒的暴政就是依據「挾書令」與「焚書令」。可是西漢王朝建立之初，在政治制度上基本都仍然是繼承秦朝，居然連如此殘酷的政策都保留了下來，直到呂后主政的時候才加以廢除。呂后不僅廢除了「挾書令」，還下令鼓勵民間藏書和獻書，恢復舊典。總之，呂后主政時期的政績頗受肯定，一般公認是為之後「文景之治」的盛世奠定了很好的基礎。

然而，呂后畢竟也是首開外戚干政的先例，因此在她一過世，外戚掌權的局面自然也就立刻遭到剷除，這就是前面我們曾經提到過的「諸呂之亂」。

呂后比劉邦小十五歲，嫁給劉邦的時候還不到二十歲，當時劉邦還已經有了一個非婚生的兒子劉肥（西元前221—前189年），在眾人眼裡，怎麼看都覺得這個女孩是吃了大虧，她的母親在得知丈夫竟然把女兒許配給劉邦時也是氣得要命，但呂公表示他會看面相，他一看到劉邦就覺得此人相貌不凡，將來必有大器。

呂后早年稱得上是一位頗為賢慧的女人。嫁給劉邦的時候，家裡的經濟條件並不好，劉邦又總是只顧忙著自己的事，經常三天兩頭都不見人影，呂后就自食其力，獨自撐起奉養父母及養育兒女的重任，而且也沒有苛待劉肥，相當難得。一次，劉邦在押解囚犯的時候因為自己喝醉了，造成囚犯逃跑，結果自

己在沒法交差的情況下，也只好亡命芒碭山下的沼澤地區，呂后得知後，除了要獨立支撐家庭，還要不時長途跋涉為丈夫送去衣物、食物等補給。

呂后為劉邦生下一兒一女，就是後來的漢惠帝劉盈（西元前210—前188年）和魯元長公主劉樂（生年不詳，卒於西元前187年）。

楚漢相爭時期，呂后不斷的顛沛流離，好不容易回到劉邦身邊時，劉邦已經有了寵愛的戚夫人（西元前224—前194年）。比戚夫人年長十七歲的呂后，就經常被留在關中，很少能見到劉邦，陪伴在劉邦身邊的都是戚夫人。

其實劉邦早就已經按慣例立嫡長子劉盈為太子，但即位為皇帝以後，在戚夫人不斷的要求之下，產生了想要廢掉劉盈，改立戚夫人的兒子劉如意（生年不詳，卒於西元前194年）為太子的想法，總是對大家說：「如意比較像我」、而不滿太子「劉盈太過仁弱不像我」。幸好滿朝大臣都齊聲反對，劉邦一時也不好表現得太過一意孤行。

呂后得知此事，自然是心急如焚。有人建議她趕緊去找足智多謀的張良（約西元前250—前186年），呂后就讓自己的哥哥去劫持張良，逼著張良想辦法。張良很無奈，表示過去在打天下的時候，劉邦確實是很聽他的意見，但如今因為感情因素而想要廢長立幼，這恐怕就不是只靠苦苦相勸就能讓劉邦打消念頭的。不過，張良還是替呂后想了一個好辦法，那就是趕緊設法把德高望重、連劉邦自己都請不動的「商山四皓」請出山，讓他們來輔佐太子。「商山四皓」是秦朝末年四位信奉黃老之學的博士，後來一起隱居於商山。呂后就讓使者帶著太子的親筆信和厚禮去拜訪，把他們統統都請到太子的身邊。劉邦一看，果真大為驚訝，深感劉盈羽翼已豐，從此不再提要改立太子之事。

這場奪嫡風暴就此化解。這應該是呂后一生所面臨的最大危機。

西元195年，劉邦過世，十五歲的太子劉盈即位，成為漢惠帝。而呂后一做了皇太后，立刻就對戚夫人展開報復，先下令將戚夫人幽禁起來，剃掉她的頭髮，讓她穿上囚衣去做苦役，後來又派人毒殺了戚夫人的兒子趙王如意，接著再用非常殘忍的手段來對付戚夫人，同時還叫惠帝去看，惠帝見狀，在驚駭之餘大哭，說這不是人做得出來的事，還說「兒臣是太后的兒子，終究不能治理天下」，從此無心過問朝政。

惠帝在位短短七年就過世了，年僅二十二歲。惠帝在位期間，呂后已實際掌握了大權，等到惠帝過世，她就開始臨朝稱制，正式行使皇帝的職權，並且重用自己的娘家人，這就是所謂的「外戚干政」。

呂后享年六十一歲，在她病重之際，原本留下遺詔，想替呂氏外戚集團做好安排，然而她一駕崩，擁護劉氏皇族集團的人馬上反撲，終將劉姓天下給奪了回來。

王昭君

自願出塞，民族友好的使者

（約西元前52—前19年，西漢）

王昭君被譽為中國古代四大美人之一。史書上關於她的記載很少，甚至只能確定她姓王，名字則有爭議，南郡秭歸（今湖北宜昌）人，但是她卻做了一件了不起的大事，為鞏固邊塞和平盡了一份力量，被後世尊崇為民族友好的使者。

《漢書》第一次提到王昭君時，稱她為「王檣」，這很可能只是表示當初她在被徵選入宮時的某種特徵和聯繫，「檣」是指船的桅杆，所以這很可能意味著這是一位坐著船來的王姓姑娘。後來也有人稱她為「王嬙」、「王薔」或「王牆」，一般認為應該都是借用了「王檣」。

由於她是以民女的身分被徵入宮，剛入宮時並無封號，就只是一個普通的宮女，所以沒人特別注意她的名字也很正常。總之，後世學者從一些史料上對她名字記載有所衝突的情況來推斷，「昭君」的含義極有可能是她的封號而非她真正的名字，因為「昭」這個字有「明顯」、「顯著」、「表明」、「顯示」等意思，「昭君」一詞正是漢皇光照匈奴的象徵，所以「王昭君」這個稱呼應該就是在她出塞前夕被賜的封號。她在出塞前的身分只是一個普通的宮女，不是皇族成員，但要嫁給匈奴王又必須要有一定的身分，於是便按照她的政治使命（漢皇光照匈奴）賜封為「昭君」。

根據《漢書》的記載，王昭君之所以會出塞，是因為漢元帝劉奭（西元前74—前33年）答應了呼韓邪單于（生年不詳，卒於西元前31年）想要和漢朝和親的要求，於是將王昭君賜給了呼韓邪單于。

呼韓邪單于是第一個來到中原朝見大漢天子的匈奴單于，那是在西元前51年，當時是漢宣帝劉詢（西元前91—前49年）在位時期，呼韓邪單于在長安逗留了一個月，漢宣帝對他非常禮遇，讓呼韓邪單于留下非常良好且深刻的印象。時隔十八年之後（西元前33年），呼韓邪單于表示想要再度造訪長安，並提出了和親的要求。這時漢宣帝已過世，繼位的漢元帝認為這是好事，於是慨然允諾，然後命人在宮女中挑選一個嫁給呼韓邪單于。

在這裡，長久以來民間一直流傳著一段軼事，歷代也有不少文人根據這段軼事為文作詩。大意是說，漢元帝因為後宮女子眾多，所以就叫畫工替每個宮女畫像，然後憑著這些畫像挑選女子來伺候自己，為了想要有見到皇帝的機會，每個宮女都想盡辦法賄賂討好畫工，希望把自己畫得漂亮一點，唯獨王昭君不肯，於是她的畫像被畫得最差，就自然始終無緣見到漢元帝。等到她自願嫁給呼韓邪單于，在臨行前夕，漢元帝才赫然發現原來宮中還有此等美人，很捨不得，也很懊惱，事後追究下來，把那些利慾薰心的畫工都給殺了。

在這個故事中突出了王昭君耿直的性格，與她後來挺身而出自願嫁給匈奴所表現出來的勇敢，倒是頗能呼應。總之，王昭君自願遠嫁匈奴無疑是相當難得的。她為了這樁政治聯姻也做了充分的準備，包括積極學習說匈奴話，了解有關匈奴的風俗習慣，還學會了彈琵琶。

到了成婚那一天，呼韓邪單于打扮得像漢族的新郎官一樣，親自來長安迎娶王昭君。漢元帝也為王昭君準備了豐富的嫁妝，光是絲綢就有將近兩萬匹。

漢元帝和文武百官以及長安城內的男女老少都紛紛來為王昭君送行，把整個長安城都擠得水洩不通。臨行前，王昭君的心情不禁有些激動，就拿出琵琶，彈了一首曲子，來表達自己既高興又傷感的情緒。高興的是，她知道自己此行意義重大，以她這樣一個弱女子，能為國家做這麼有意義的一件事，她感到相當的自豪；傷感的是，她很明白今日一別，恐怕再也不會回到長安了。

王昭君的這首曲子彈得非常動聽，深深地打動了在場的每一個人。不僅如此，據說王昭君的美麗以及動人的琴聲，竟使得南飛的大雁都聽得入了迷而忘記了擺動翅膀，紛紛跌落於平沙之上，「落雁」也因此成了王昭君的雅稱。成語「沉魚落雁」，形容女子美麗，「落雁」指的就是王昭君。

後人就把這首曲子稱做《昭君怨》。由於後來也有人把王昭君尊稱為漢明妃，所以《昭君怨》又被稱為《明妃曲》，一直流傳到今天。

王昭君的壽命不長，過世時大約才三十三歲。她出塞那年大約十九歲，從此果真再也沒有回到故土，等於差不多是後半生都在匈奴度過，在遙遠的匈奴生活了十幾年，直到生命的盡頭。可以說自從呼韓邪單于第一次到長安朝見漢宣帝以後，北方邊境維持了幾百年一片祥和的景象，這裡頭有著王昭君不可磨滅的貢獻。與此同時，王昭君也把漢族文化包括農業生產技術也都自然而然的帶給了當地的人民，有助於促進匈奴的進步。

王昭君在臨死前還不忘叮嚀自己的兒女，一定要和漢朝保持友好。她還要求家人把自己葬在歸化（今內蒙古自治區呼和浩特市）郊外，並特別指定墳墓的方向一定要朝南，好讓她能永遠遙望自己的家鄉。

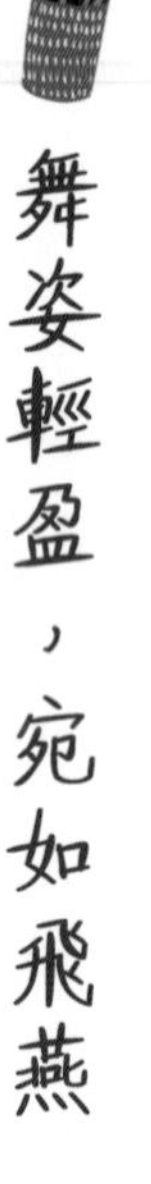

舞姿輕盈，宛如飛燕

趙飛燕

（西元前45—前1年，西漢）

有一個成語「環肥燕瘦」，意思是說女子形態不同，各有各的美及韻味，為了表達「各有千秋、各有各的好看」，這個成語用了兩位歷史上有名的美女，「環肥」指的是唐朝體態豐豔的楊玉環（西元719—756年），也就是楊貴妃；「燕瘦」則指的是漢朝身材苗條的趙飛燕。趙飛燕所生活的年代要早於楊

貴妃七百多年。

趙飛燕的一生可謂大起大落，自從入宮為宮女以後，曾經一度貴為皇后，甚至是皇太后，但最終卻又被貶為庶人，也就是普通老百姓。

她出身貧困，剛出生時便被父母拋棄，任她自生自滅，可是過了三天發現她居然還沒死，於是又改變主意把她抱回來撫養。等到年紀稍長，因為那時父親已在京城工作，她和兄弟姐妹四人便隨母親也一起進京，隨後以良家女子的身分入宮，在陽阿公主（生卒年不詳）府中學習歌舞。由於她舞姿輕盈，宛如飛燕，於是得名「飛燕」。

在她二十七歲那年（西元前18年），遇見了漢成帝劉驁（西元前51—前7年）。這時漢成帝三十三歲，已即位十幾年，後宮還沒有一個皇子。一天，漢成帝來到陽阿公主府，陽阿公主就把養在府中的良家女子統統叫出來，叫她們

唱歌跳舞來取悅漢成帝，而漢成帝見了趙飛燕，一下子就被她給迷倒了，於是就將她帶回宮中。

後來，趙飛燕說自己還有一個妹妹，名叫趙合德（生年不詳，卒於西元前7年）也非常美麗，就連自己也自嘆不如，漢成帝一聽，就下令把趙合德也招入宮中，姐妹倆「俱為婕妤，貴傾後宮」。當時在後宮嬪妃的等級中，「婕妤」是相當高的一個等級。

兩年後，漢成帝先封趙飛燕姐妹倆的父親為成陽侯，改變她家卑微的身分，同年即封趙飛燕為皇后，封趙合德為昭儀。不過，儘管趙飛燕成了皇后，但相比之下漢成帝似乎更寵愛她的妹妹趙合德。

無論如何，漢成帝相繼專寵趙氏姐妹多年，可惜兩人都未能生育。

到了西元前8年，十七歲的定陶王劉欣（西元前25—前1年）來到京城長安，他的祖母事先用許多金銀珠寶籠絡趙氏姐妹，讓她們在漢成帝的面前說盡劉欣的好話，使得一直沒有子嗣的漢成帝決定立侄子劉欣為太子，這就是後來的漢哀帝。

翌年春天，身體一向很好的漢成帝突然死了，由於是死在趙合德那裡，朝野在震驚之餘，一致指責趙合德，都說是她害死了皇帝。趙合德被逼自殺。

趙飛燕的命運比妹妹也好不到哪裡去，只比妹妹多活了六年。

在漢哀帝繼位之後，因為感念趙飛燕當初在太子爭奪戰中的幫忙，便依禮法尊趙飛燕為皇太后，她的兄弟也都被封為侯，趙氏一門兩侯，地位非常顯赫。

然而僅僅幾個月後，由於有大臣把之前趙飛燕參與過的宮廷鬥爭重新翻了出來，主張應該要追究趙氏一族的罪過，漢哀帝一度下令把趙飛燕的兄弟貶為

庶人，還要把他們都流放到遼西郡去。所幸趙飛燕的哥哥火速找人幫忙出面說情，漢哀帝最後沒有再多追究，趙飛燕也心驚膽戰的暫時保住了自己皇太后的位子。直到漢哀帝竟然以二十四歲之齡崩逝，趙飛燕就再也沒有靠山了。

她先被貶為庶人，又和哀帝的皇后一起被趕出宮，叫她們去看守自己丈夫的陵園，當天兩個人便一起自殺了。趙飛燕死時四十四歲。

班昭

東漢著名史學家

（約西元45—約117年，東漢）

班昭是中國歷史上第一位參與了正史寫作的女性。她又名姬，字惠班，出生在扶風安陵（今陝西咸陽東北）的一個名門望族。當時是東漢時期的盛世。

班昭的父兄都不是等閒之輩。父親班彪（西元3—54年）是著名的史學家和文學家，大哥班固（西元32—92年）是《漢書》的作者，二哥班超（西元

32—102年）也因「投筆從戎」的故事頗受世人所景仰。

當時女子能夠受教育的並不多，但是成長於書香門第的班昭，又是家中的么女，比兩個哥哥小了十三歲左右，從小就受到很好的文化薰陶，年紀輕輕就已經博覽群書，並且表現出很不錯的文學天分。這樣的文學以及史學功底，到她四十多歲以後終於找到了發揮的機會。

說起來也是因緣際會。年輕時的班昭，似乎並沒有什麼特別的抱負。她十四歲時成家，嫁給同郡人曹世叔（生卒年不詳），所以後來世人也稱班昭為「曹大家」。丈夫待她很好，免除她一切繁瑣的家務，只為讓她有充分的時間讀書。可惜如此幸福的時光實在是太短了。班昭二十歲就開始守寡。她頗為長壽，享年大約七十二歲，但自丈夫過世之後就終身沒有再嫁，獨自把孩子撫養成人。

班昭一生最為人所稱道的一件事，就是接下父兄的棒子，完成了《漢書》

的編撰工作。

最初是父親班彪想要接續司馬遷的《史記》，為史學做一番貢獻，因為西漢史學家司馬遷（生於西元前145年，卒年不可考）的《史記》是從傳說中的黃帝，一直寫到漢武帝劉徹（西元前156—前87年）太初年間，共計三千年左右的歷史，可是自太初年間之後的歷史就付諸闕如。雖然陸陸續續至少也有十幾位學者試著想要接續《史記》，但一般都被認為寫得不夠好，稱不上是續寫《史記》之作。

於是班彪才發願要寫《漢書》，從西漢漢高祖元年（西元前206年）開始寫起，可惜沒有完成就去世了，接著大哥班固接棒，然而後來班固因為遭人陷害死在獄中也沒能完成。直到漢和帝劉肇（西元79—105年）聽說班昭擁有不凡的才學，就親自下詔，命班昭完成父兄未竟的事業。這個時候班昭已經四十多歲，在古代已經是可以含飴弄孫的年紀，不過班昭還是毅然接下這項重擔，並且經過辛勤的努力，終於完成了《漢書》。

儘管後世對於《漢書》的作者都注明是班固，但只要一提到班昭，都會讚美她是中國歷史上一位難得的女性史學家。

而這部經過班家兩代人的努力才得以完成的《漢書》（又稱《前漢書》）也備受肯定，全書共八十萬字，從西漢初年一直寫到新朝王莽地皇四年（西元23年），一共兩百三十年的歷史，是中國第一部紀傳體斷代史，所謂「斷代史」就是以朝代為斷限的史書。後來的「二十四史」中除了《史記》以外，其他都屬於斷代史。

漢和帝永元十二年（西元100年），久居偏遠異地的班超，因為年邁（這年他已六十八歲），自感時日無多，非常思念故土，上書朝廷請求准許回國，班昭得知之後也一起上疏和帝，一方面從感性的角度出發，說古人十五從軍，六十還鄉，中間還有休息、不服役的時候，而二哥班超輾轉異域轉眼都已經三十年了，當初跟隨他一起出塞的人，很多都已作古，現在班超年事已高，都快七十歲了，如果死在荒涼空曠的異域，這可真夠悲涼的啊！另一方面她又從理性的角度，表示二哥班超現在體弱多病，即使還想像之前壯年時期那樣竭盡心力的報效國家，只怕也已經是力不從心，所以萬一遇到突發事件，恐怕不能做很好的處理，到時候豈不是會損害大漢王朝多年來在西域所累積的功業……

班昭甚至還表示，萬一因為二哥班超命喪異域，因此造成邊境有變，希望屆時能免除二哥一家不受牽連。

漢和帝看了班昭的奏章之後，深感班昭為兄請命所陳述的理由於情於理都很說得通，於是便派人接任班超西域都護的職位，讓班超得以告老還鄉。

在妹妹的協助下，班超在大約兩年後終於回到了洛陽，不久就病逝了，享年七十歲。總算是沒有留下死在異域的遺憾。

此外，班昭在晚年寫下《女誡》七章，原本只是為了自家晚輩所寫，沒想到後來竟然會傳播得那麼廣，進而成為中國古代女性的行為準則。由於班昭的中心思想就是倡導男尊女卑以及女性應該順從，可以說是極大的禁錮了女性的思想和自由，影響所及至少長達一千多年，甚至直到現代都仍不時就會被人搬出來當作是一番大道理。

其實，班昭的《女誡》一完成，她的小姑就非常不贊成，還特地寫書反駁。據說這位小姑也是一位才女，然而或許因為名聲畢竟不如嫂子，更何況在一個原本就是男權至上的時代，班昭所言正符合主流思想，以至於小姑子所反駁的書，就算文采不錯，而且也說得頭頭是道，但終究還是不敵班昭的《女誡》流傳得廣。

貂蟬

集美貌、智慧、膽識於一身

（民間傳說人物，東漢末年）

「中國古代四大美人」中有一個是虛構的人物，但是在民間卻家喻戶曉，她就是貂蟬。

正史上對她並沒有記載，世人幾乎都是透過元末明初小說家羅貫中（約西元1330—約1400年）的傳世名作《三國演義》來了解她。在《三國演義》中，年紀輕輕的貂蟬出場很早，是一個集美貌、智慧與膽識於一身的女子。為了除掉東漢末年威震天下的權臣董卓（生年不詳，卒於西元192年），司徒王允（西元137—192年）設下了連環計，從董卓的義子、猛將呂布（生年不詳，卒於西元199年）這裡著手，故意製造一些誤會，挑撥他們之間的關係。

貂蟬把這個連環計執行得非常出色，結果都是因為她，原本情同父子的董卓與呂布才會翻臉，呂布並因此殺了董卓。可以說貂蟬直接影響了東漢末年的政治局勢。

傳說她是山西人，自幼才貌出眾，聰穎過人，因此被選入漢宮，掌管朝臣戴的「貂蟬冠」，這是漢代侍從官員的帽飾，「貂蟬」這個名字就是這麼來的。後來在戰亂中，貂蟬與眾多宮女一起出逃，司徒王允把她收為義女，帶回家中。

當時，董卓「挾天子以令諸侯」，胡作非為，令王允十分痛恨，很想除掉董卓，但又想不出什麼好主意。貂蟬看王允經常愁眉不展，很想為恩人分憂，經常在月下焚香祈禱天下太平，這就是「貂蟬拜月」。

而當貂蟬在拜月的時候，月亮正好被雲給遮住，這就是「閉月羞花」中「閉月」的由來，表示月亮看到如此美麗的貂蟬，都趕緊不好意思的躲進雲層裡。

後來，王允就計畫要利用董卓和呂布都很好色的共同點，以一招連環計來一舉剷除漢室禍害。貂蟬全力配合。於是，王允把貂蟬先暗中許給呂布，又馬上轉送給董卓，並且告訴呂布是董卓在明知貂蟬已經許配給呂布的情況之下還強行奪走，他實在也無力阻止，呂布因此對董卓十分不滿，但礙於義父子的情分，又不好說什麼。不久，呂布碰到貂蟬，貂蟬演技精湛，表現得非常哀怨，

讓呂布在心疼之餘，深信貂蟬其實是心儀於自己，如今待在董卓身邊完全是被迫，自此呂布就對董卓恨之入骨。

在《三國演義》中，這段故事被羅貫中描寫得極為精采。其實貂蟬最早是出現在《三國志平話》中，這是《三國演義》的前身。在《三國志平話》裡所講述的是另外一個完全不同版本的故事。

在這個版本裡，「貂蟬」是她的小名，她本姓任，是呂布的原配妻子，後來兩人失散，她流落一段時間之後淪落成為司徒王允家的婢女。一回，當王允得知貂蟬的身世就心生一計，先設家宴款待董卓，讓貂蟬與董卓見面，之後又設宴招待呂布，讓他們夫妻會面，呂布又驚又喜，王允隨即承諾會盡快改日讓他們夫妻倆正式團聚。然而，事實上是王允火速就把貂蟬當作一份禮物送到了董卓家，說是獻給董卓的，董卓自然是很高興的笑納了。不久，當呂布誤以為

是董卓強行奪人所愛之後，勃然大怒，立刻提劍入堂殺了董卓。

不過，無論是《三國志平話》或是《三國演義》，貂蟬這個角色似乎還是有原型的。我們不妨就來看看正史《後漢書》是怎麼說的。

在《後漢書》裡頭從未提到過「貂蟬」這個名字，只是以很短的篇幅記錄了董卓和呂布之間的私人恩怨。說脾氣暴躁的董卓曾經因為一點小事一時衝動居然就要怒殺呂布，只是被呂布動作敏捷的躲過，後來這對義父子又重修於好。一天，董卓派呂布去看守自己的內宅，不料呂布竟趁機與董卓的貼身婢女暗中相戀。後來，呂布擔心這個事情會被董卓發現，就去求見王允，想要指望王允能夠幫自己想想辦法，而王允在得知這些訊息之後，就反過來大加利用，最後終於成功的慫恿了呂布殺死董卓。一般認為，在這段描述中，那個沒名沒姓的婢女，應該就是貂蟬的原型。

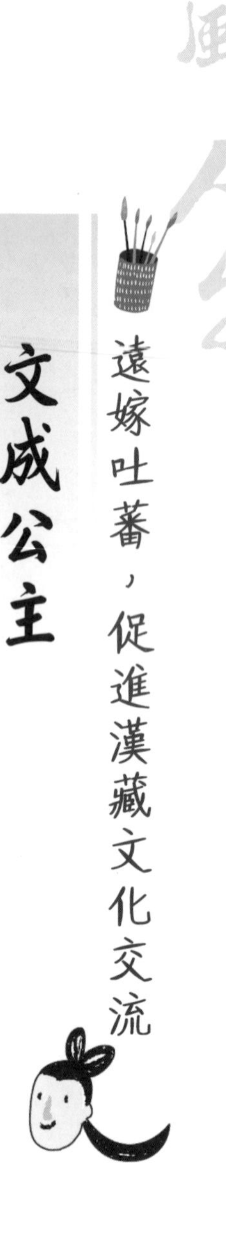

文成公主

遠嫁吐蕃，促進漢藏文化交流

（西元625—680年，唐朝）

唐朝貞觀年間，唐太宗李世民（西元599—649年）對周邊許多少數民族所採取的是和親政策，與突厥、吐谷渾等都成功保持了難得的友好關係。

貞觀八年（西元634年），吐蕃的贊普（「贊普」就是「吐蕃國王」）松贊干布（西元617—650年）也派使者來唐朝訪問，這是歷史上漢藏兩族發生政治接觸的最早紀錄。目前西藏人的祖先就是吐蕃，他們長期生活在青藏高原一帶，從事農業和畜牧業。

松贊干布是吐蕃王朝第三十三任贊普，實際上是吐蕃王朝的立國之君。在聽了使者帶回來的報告以後，對於唐朝的禮樂文化非常羨慕，又聽説突厥、吐谷渾都娶了唐朝的公主，心嚮往之，遂在四年後正式遣使攜帶了珍寶來向唐朝求婚。

不知道是什麼原因，一開始唐太宗並沒有答應。由於當時吐谷渾王正巧也派了使者入唐朝見，於是吐蕃使者在回去以後便告訴松贊干布都是由於吐谷渾王從中作梗，唐朝才會拒絕和親。

松贊干布一聽大怒，遂出兵擊敗吐谷渾、黨項等少數民族，直逼唐朝松州（今四川松潘），還揚言如果唐朝拒不和親，就要率軍大舉入侵。不過，唐軍先鋒部隊很快便擊敗了吐蕃軍，松贊干布一看情勢不妙，在唐朝主力軍隊到達之前便已主動退兵，並遣使謝罪，再次請婚。這是松贊干布第三次求婚了，這回唐太宗總算同意，但他捨不得讓自己的女兒去雪域高原受苦，就把一個宗室之女封為公主，然後送去與吐蕃和親。這個肩負重任的女孩就是文成公主。

史書上對於文成公主的漢名並沒有記載，只知道她應該出生在任城（今山東濟寧），在貞觀十四年（西元640年），十五歲這年被封為文成公主，翌年遠嫁吐蕃，然後成為松贊干布的王后。同時，唐太宗也封松贊干布為駙馬都尉、西海郡王。

送親隊伍一行從京城長安出發，途徑西寧，翻日月山，走了一個多月，行程大約三千里，終於來到了雪域高原。激動萬分的松贊干布，親自率軍遠行至柏海（今天青海瑪多縣境內）來迎接這位來自大唐、比自己小八歲的新娘。

為了迎接美麗尊貴的大唐公主，松贊干布還為文成公主修建了富麗壯觀的布達拉宮，一共有一千間宮室。一直到現在，布達拉宮仍是西藏標誌性的建築，只不過最原始的建築後來毀於戰火，我們現在所看到的布達拉宮是在西元十七世紀經過兩次擴建所成形的，至今仍保留了文成公主、松贊干布等人的彩色塑像以及許多珍貴的壁畫，壁畫主題有不少都是描繪當年文成公主入藏時的故事。

比方說，其中有一個是關於松贊干布第三次遣使求婚的軼事。當時，那位攜帶著五千兩黃金以及大量珠寶、率領著求婚使團前往長安請婚的使者，在漢文史籍中的記載是祿東贊（生年不詳，卒於西元667年），他是吐蕃著名的政治家、軍事家及外交家，相傳當他們來到長安的時候，碰巧遇到來自天竺、格薩、大食等國國王派來的使者，也都表示希望迎娶文成公主。於是，唐太宗便讓這些使者比賽，誰贏了就可以把文成公主娶回去。這就是所謂的「六試婚使」（又稱「六難婚使」）。哪「六試」和「六難」呢？

・將一根柔軟的凌緞穿過明珠（另一種說法是穿過漢玉）的九曲孔眼。

・辨認一百匹母馬和一百匹小馬的母子關係。

・在一日之內喝完一百罈酒，吃完一百隻羊，還要把羊皮揉好。

・交給使臣們一百段松木，要求分辨它們的根和梢。

・夜晚出入皇宮不迷路。

・辨認公主。

結果，祿東贊把這些難題都完成得很好，終於打敗了其他的求婚使者，順利替松贊干布贏得了文成公主。

松贊干布顯然對文成公主相當敬重。譬如，文成公主不喜歡吐蕃人「赭

面」的習俗（就是以赤色塗臉），松贊干布就下令禁止這項習俗。

松贊干布自己也經常像大唐的貴族一樣穿著絲綢衣服，還派遣吐蕃的貴族子弟到長安來學習漢族的《詩》、《書》等等。文成公主也把大唐的文明帶入了吐蕃，甚至協助吐蕃創造了文字和曆法，使得吐蕃從此有了文字以及參照漢族干支計時法所創造的藏曆，這些對於藏族日後的發展，尤其是農牧業的進步都產生了很大的幫助。

總之，文成公主入藏，不僅大大促進了漢藏文化的交流，也維持了唐蕃長期的友好。在此後兩百年間，凡是有新的吐蕃贊普即位，也必請唐朝天子「冊命」。所謂「冊命」，是古代帝王封立繼承人、后妃及諸王大臣的命令，所以，吐蕃這麼做，實際上就是對大唐表示臣服。

在文成公主二十五歲那年，松贊干布就過世了，但文成公主自從入藏以後就再也沒有離開過，一共在西藏生活了近四十年，直到五十五歲時因患天花而與世長辭。由於文成公主深受老百姓的愛戴，吐蕃王朝為她舉行了隆重的葬禮，唐朝也特地派遣使臣前來吐蕃吊祭，拉薩至今仍保存著藏人當年為紀念文成公主而為她造的塑像，距今已經有一千多年的歷史。

值得一提的是，在文成公主辭世三十年後，唐中宗李顯（西元656—710年）也曾經將自己的一個養女金城公主（西元698—739年）嫁給吐蕃的贊普，這位金城公主也在吐蕃生活了近三十年之久，和文成公主一樣，同樣備受吐蕃社會的尊敬，進一步鞏固了文成公主所奠定的唐蕃友好的基礎。

巾幗宰相

上官婉兒

（西元664—710年，唐朝）

在中國歷史上，但凡掌權的女性幾乎都是從後宮起家的，也就是說都是先掌控了皇上，然後再一步步的把大權抓在手裡，譬如漢朝的呂后（西元前241—前180年）、唐朝的武則天（西元624—705年）、清初的孝莊文皇太后（西元1613—1688年）以及清末的慈禧太后（西元1835—1908年）等等，而且在政治

舞臺上，女性要嘛是毫無機會（當然絕大多數的女性可能也根本不會有這樣的念頭），要嘛就是做到權力的頂端，就像前面所說的這幾位女性。

而歷史上擔任高官的女性可以說幾乎沒有，唯獨唐朝的上官婉兒是一個例外，這就跟她所處的時代有很大的關係，因為她的「老闆」正是中國歷史上唯一的女皇武則天。在民間，上官婉兒甚至有「無冕女宰相」、「巾幗宰相」這樣的稱呼。「冕」是大夫以上的官所戴的禮帽，「巾幗」是指婦女，從這些稱號就足見當時上官婉兒的權力之大，雖然沒有宰相之名，卻有宰相之實。可是我們必須說，如果沒有武則天，恐怕上官婉兒也很難有這樣的機會；所謂「時勢造英雄」，這句話用在上官婉兒的身上也很恰當。

上官婉兒出身官宦之家，又稱上官昭容，陝州陝縣（今河南省三門峽市陝州區）人。祖父上官儀（西元608—665年）是唐高宗李治（西元628—683年）

時的宰相，因為曾經替高宗起草廢武則天的詔書，後來整個家族被武則天抄殺，當時還在襁褓中的上官婉兒與母親淪為宮奴。不過，儘管如此，在母親全心全意的培養之下，本身資質就很不錯的上官婉兒仍然熟讀詩書，而且不僅小小年紀就能吟詩著文，對於一些官樣文章居然也能看得懂，異常聰敏。

儀鳳二年（西元677年），時年五十三歲、已經充分掌握大權的武則天偶然得知上官婉兒才華出眾，便召見了她，並且親自當場出題要考考她。這年上官婉兒十三歲。

結果，武則天對於上官婉兒的表現非常滿意，當即下令免去其奴婢的身分，讓她掌管宮中詔命。

史料記載上官婉兒「十三歲為才人」，可能就是武則天在免去上官婉兒奴婢身分時所給她的一個名分。「才人」是中國古代宮廷女官的一種。所謂「女

官」就是高級的宮女。

從此，上官婉兒就追隨武則天長達二十七年，掌管宮中制誥多年（負責草擬皇帝的詔令）。在武則天稱帝以後，所有詔敕（總之就是帝王的命令）幾乎都是出自上官婉兒之手。不過，在這麼漫長的歲月裡，上官婉兒曾經因為違忤旨意被判了死刑，但是後來武則天因為憐惜上官婉兒的文才還是特別赦免了她，改為處以黥面之刑。

「黥面」是中國古代採用時間最長的一種肉刑，直到清末才被廢除，就是在犯人臉上刺字，然後塗上墨炭，再也擦洗不掉。

經過這次的死裡逃生，上官婉兒往後就更加小心伺奉武則天，甚至經常曲意迎合，果然比之前更得武則天的歡心。在武則天正式稱帝之後六年（西元696年），她又開始讓上官婉兒參與重要政務，這個時候上官婉兒三十二歲。

從此，上官婉兒的權勢就愈來愈大。

武則天於西元705年過世之後，此時四十一歲的上官婉兒見太平公主的勢力似乎較大較強，就依附太平公主（約西元665—713年）。直到五年後（西元710年），因為臨淄王李隆基（就是後來的唐玄宗，西元685—762年）與姑母太平公主發動兵變，上官婉兒因為不免曾經與敵對勢力韋皇后（生年不詳，卒於西元710年）周旋來往過，遂被視為韋皇后黨羽，儘管她拿出曾經與太平公主一起草擬的文件，竭力想要證明自己一直是和李唐宗室站在一起，請求李隆基開恩，但李隆基不同意，還是把上官婉兒給殺了。上官婉兒死的時候是四十六歲。

在她死後，太平公主非常哀傷，除了派人去吊祭，還給了五百匹絹。

後世對上官婉兒的評價大體都是「才華詩文不讓鬚眉男子，但人品功過頗具爭議」。值得一提的是，上官婉兒不僅是高官，同時也是一個文人，尤其是唐中宗李顯（西元656—710年）在位時期，上官婉兒的權勢極盛，在政壇和文壇都有顯著的影響力，不僅掌管內廷與外朝的政令文告，也建議擴大書館，增設學士，與上官婉兒同一時代的文人譬如政治家和文學家張說（西元667—730年）等對她的評價都很高。

無論如何，上官婉兒對於當時文壇的繁榮和詩歌藝術水準的提升都具有重要的意義。以一名女性影響了一代文風，這在中國古代文學史上確實非常罕見。

上官婉兒自己也寫詩。後來在開元初年，唐玄宗李隆基曾派人將上官婉兒的詩作蒐集起來，編成文集二十卷，令張説作序（不過後世學者根據一些史料推測，為上官婉兒編輯文集應該是出於太平公主的請求），不過，這些文集後來都散失了，只有清朝曹寅（西元1658—1712年）奉旨刊刻的《全唐詩》中收錄了上官婉兒三十二首作品。

上官婉兒也酷愛藏書，藏書超過一萬卷，所藏之書都以香薰之。百年之後，她的藏書流落民間，據說依然是芳香撲鼻而且毫無被蟲蛀的痕跡。

三千寵愛在一身

楊貴妃

（西元719—756年，唐朝）

楊貴妃是唐玄宗李隆基（西元685—762年）的寵妃，也是中國古代四大美人之一。有人說，如果楊貴妃不是生在唐朝，或許就不會被稱之為美人，因為唐朝人以豐腴為美，而楊貴妃正好比較豐腴，而且是「凝脂胭華」式的豐腴，就是說身上的脂肪凝聚在一起，像胭脂一樣散發著華麗的光彩，非常符合唐朝人的審美標準。再加上她又精通音律和歌舞，自然是魅力不凡了。

唐朝是詩歌鼎盛的時代，好幾位大詩人都為楊貴妃寫過詩作。譬如：

「雲想衣裳花想容，春風拂檻露華濃」，這是李白（西元701—762年）所寫的，李白把楊貴妃比喻成是仙女下凡，因為雲彩是她的衣服，花朵是她的面容……

「天生麗質難自棄，一朝選在君王側。回眸一笑百媚生，六宮粉黛無顏色」，這是白居易（西元772—846年）寫的，不僅寫出了楊貴妃的美，也寫出了唐玄宗是如何專寵楊貴妃。

「一騎紅塵妃子笑，無人知是荔枝來」，這是杜牧（西元803—約852年）所寫的，因為楊貴妃愛吃荔枝，每逢荔枝上市季節，朝廷總要派專人從四川（也有的說是從福建、廣東）快馬加鞭把新鮮荔枝送到京城長安，當荔枝送到楊貴妃手上的時候都還帶著露水呢。

「明眸皓齒今何在，血汙遊魂歸不得」，這是杜甫（西元712—770年）寫的，提到楊貴妃人生最終的結局。

楊貴妃的名字，在正史裡頭都沒有記載，直到在她死後大約一百年，才有學者提到「楊貴妃小字玉環」，從此大家就把她的名字當做楊玉環，一直沿用至今。她還有一個道號，叫做太真。所謂「道號」，是指道士的尊號，意思是說楊貴妃做過道士。這是怎麼回事呢？這就跟唐玄宗是如何費盡心機，以一種很不光彩的手段得到她有關了。

楊貴妃出身官宦世家。在她十歲那年，因父親過世，被寄養在三叔的家裡。由於在優越的環境下成長，楊貴妃具備一定的文化和藝術修養，並且善於彈琵琶，稱得上是一位相當有才藝的女子。

大約在她十六歲那年，楊貴妃參加了一場皇室的婚禮，遇見了壽王李瑁（西元720—775年）。李瑁對楊貴妃一見傾心。他的母親是唐玄宗當時最寵愛的武惠妃（西元699—737年），於是，在武惠妃的要求之下，唐玄宗就下詔冊立楊貴妃為壽王妃，讓小倆口結婚。婚後兩人相當恩愛。這個時候，唐玄宗並沒有見到楊貴妃。

唐玄宗是在五年後才見到楊貴妃的，跟兒子一樣，也是一見面就被迷住了。再加上此時武惠妃已大約辭世三年，她過世以後，唐玄宗就一直鬱鬱寡歡，直到見到了楊貴妃才一掃陰鬱，於是就很想得到她，可是，這個時候在名義上她已是自己的兒媳婦，結婚都已經差不多五年了，該怎麼辦呢？

開元二十八年（西元740年），在楊貴妃二十一歲這年，唐玄宗以要為他的母親竇太后（生年不詳，卒於西元693年）祈福的名義，竟然下令楊貴妃離開

壽王府，出家去做女道士，這就是為什麼她會有「太真」這個道號的原因。

這樣過了五年，唐玄宗為兒子李瑁另外冊立了一位壽王妃，作為安撫，與此同時又下詔命楊貴妃還俗，然後就直接接進了宮裡，並且冊立她為貴妃。這年，楊貴妃二十六歲。接下來，她就相伴了唐玄宗十一年，就如同白居易在《長恨歌》中所形容的「後宮佳麗三千人，三千寵愛在一身」，儘管唐玄宗的後宮美女如雲，但唐玄宗就是專寵楊貴妃一個人。

很多人都會覺得奇怪，既然唐玄宗這麼寵愛楊貴妃，寵愛到白居易所形容的「遂令天下父母心，不重生男重生女」的地步，那為什麼不封她為皇后呢？後世學者推測，主要就是因為唐玄宗得到楊貴妃的手段很糟糕，儘管唐朝是中國歷史上少有的相對開放的朝代，唐玄宗這麼做在當時似乎沒有遭致太多的非議，然而搶奪兒媳這種行為畢竟有違倫常，壽王李瑁「敢怒不敢言」的鬱悶和氣憤可想而知，唐玄宗沒必要再封楊貴妃為皇后，免得更加刺激壽王李瑁，搞不好還會引起宮廷政變。

還有一種說法，是說由於楊貴妃得寵，儘管她個人對於干預政事並無興趣，但她的娘家人幾乎都跟著雞犬升天、作威作福，楊家已經形成一股很大的政治力量，如果唐玄宗再封楊貴妃為皇后，恐怕會引起其他大臣的反對吧，那樣勢必不利於政局的穩定。反正即使楊貴妃不是名義上的皇后，也是實質上的了。

在楊貴妃隨侍君側的十一年歲月中，曾經兩度被唐玄宗攆出了宮。第一次是由於她在言語上冒犯了唐玄宗，唐玄宗一怒之下就把楊貴妃送回娘家，第二次據說是由於唐玄宗看楊家人的作風太不像話了，於是就把楊貴妃送回娘家，以此來殺殺楊家人的威風。不過，一送走楊貴妃，唐玄宗就茶飯不思，所以都是沒過多久就還是又派人去把楊貴妃給接了回來。

天寶十五年（西元756年），安祿山（西元703—757年）以「清君側」為名發動叛亂，史稱「安史之亂」。這場動亂持續了近八年，是唐朝由盛而衰的關鍵。所謂「清君側」，意思是說要清除君王身邊的親信奸臣，指的是楊貴妃的族兄楊國忠（約西元699—756年）。

動亂之初，楊貴妃隨著唐玄宗逃出長安，流亡蜀中。途經馬嵬驛時（今陝西興平市西），禁軍軍士一致要求處死楊國忠和楊貴妃，隨即嘩變，亂刀砍死了楊國忠。唐玄宗本來是很想力保楊貴妃，說楊國忠亂朝該死，可是貴妃無罪啊，但士兵們都認為楊貴妃是禍國紅顏，不肯輕易罷休，最終唐玄宗在不得已的情況之下，只得將楊貴妃賜死。楊貴妃就這樣自縊了，死的時候三十七歲。

在安史之亂平定之後，唐玄宗曾經派人去找過楊貴妃的遺體，但沒有找到。

楊門女將

穆桂英

（歷史演義人物，宋朝）

中國古代有四大巾幗英雄，分別是花木蘭、樊梨花、梁紅玉以及穆桂英。其中與穆桂英相關的民間故事、戲曲和影視作品應該是最多的。可以這麼說，儘管正史上並沒有關於楊門女將穆桂英赫赫戰功的確切記載，但長久以來在廣大老百姓的心目中，這位使著梨花槍、座駕名為桃花馬的穆桂英，所呈現出來的巾幗英雄的形象一直非常鮮明。

北宋由於金朝的侵略而滅亡，楊門女將的故事就發生在這個時期。相傳穆桂英是楊宗保的妻子，北宋初年名將楊繼業（也就是楊業，生年不詳，卒於西元986年）的孫媳婦。她原為穆柯寨穆羽之女，武藝超群，機智勇敢，是楊門女將中極為傑出的人物，每次與楊家將一起為國征戰時總是衝鋒陷陣，又屢建奇功，最大的功績就是大破天門陣。

根據《宋史》的記載，楊家三代抗遼，但只記錄了楊業、楊延昭（西元958—1014年）和楊文廣（西元999—1074年）等祖孫三代三個人的名字，其他人在正史裡都找不著，而楊延昭有沒有一個叫做楊宗保的兒子也還有待考證。

無論如何，楊家將一門忠烈，尤其是包括穆桂英在內一群楊門女將的故事，長久以來還是深受老百姓的喜愛與景仰。

即使是以今天的標準來看，穆桂英也是一個相當不凡的女子。

首先，她武藝精湛。在民間傳說中，穆桂英得到過神女專程傳授飛刀劍術，難怪身手會如此了得。

其次，她對於官場上那些勾心鬥角的事毫無興趣，但是和其他的楊門女將一樣，愛國心超強，一旦看到國家有難，馬上就毫不猶豫披掛上陣，奮勇殺敵。穆桂英的勇敢和膽識不僅是不讓鬚眉（意思是不比男人差），甚至就連很多男人也比不上。

第三，她年紀輕輕就已經能做到婚姻自主。她的丈夫是楊忠保，楊忠保的武藝不如她，是穆桂英的手下敗將，不過，穆桂英就是看上了楊忠保，非要嫁他不可，楊忠保稍一猶豫，穆桂英就把刀架在楊忠保的脖子上，逼他答應，實在是夠悍的。

其實穆桂英和楊業之妻佘太君（西元934—1010年）頗有共同點。比方說，她們倆的武功都比丈夫高，佘太君當初也打敗過楊業，然而在故事裡，穆桂英不僅武功高強，對於戰術、戰略也很有心得，這是她較佘太君更為出色之處。

明清之際，通俗小說得到較大的發展，最早系統化來敘述楊門女將故事的就是明代小說《楊家府演義》，作者是明代一位戲曲作家紀振倫（生卒年不詳），這本書是傳統的章回小說，裡頭混雜了太多怪力亂神的情節，一般認為文學價值並不高。

後來另外一位也是明代作家熊大木（約西元1506—1578年）的小說《北宋志傳》（又名《楊家將傳》、《楊家將演義》）就好得多。熊大木是活躍在明朝嘉靖、萬曆年間的作者和刊行者，也是英雄傳奇這一類型小說比較早的作者，在明清小說史上占有一定的分量。

日後大量關於楊家將、穆桂英的戲曲，乃至現代影視作品，幾乎都是根據熊大木的小說所改編。隨著改編作品不斷的增加，穆桂英的大名也就愈來愈廣為人知。

穆桂英的老家穆柯寨在今天山東省肥城市，位於山上，地形陡峭。此外，雖然有現代學者在湖北黃梅發現的《楊氏宗譜》中看到了「宗保妻穆氏，生文廣、同信二子」的記載，認為就算在正史中找不到穆桂英這個名字，但未必就真的沒有這個人。不過，這只是一種說法，至今大家普遍還是把穆桂英定位為是一位從正史中所演義出來的人物。

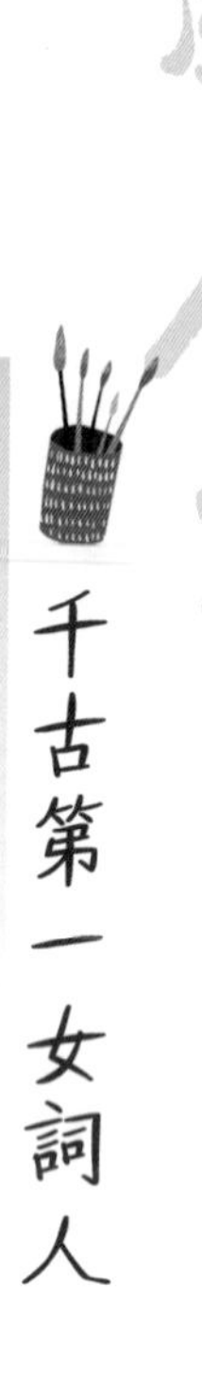

千古第一女詞人
李清照

（西元1084—約1155年，宋朝）

如果要在中國歷史上挑一位女性來作為才女的代表，李清照無疑是當仁不讓，她是中國文學史上最著名的女詞人，也是歷代才女中第一位撰寫文學批評的人。她早期所寫的〈詞論〉雖然只是一篇短文，但還是相當重要，所提出的「詞別是一家」的觀點尤為後人所稱道，意思就是說「詞和詩是不一樣的」。

詞之於宋朝，就像詩之於唐朝，而在眾多寫詞的作家中，李清照出類拔萃，是浪漫婉約派的代表性人物。由於李清照有一個別號叫做「易安居士」，因此她所開創的「易安體」還深深影響了晚於她幾十年的辛棄疾（西元1140－1207年）等重要作家。

李清照的作品，最難得的是不僅能把感情、特別是「愁」的情緒描寫得淋漓盡致，同時還能表現出強烈的愛國情操，也就是說她不僅僅只是擅長描寫小情小愛，對於大愛，她同樣有一種豪氣，而這是一般擅長閨秀之氣的女作家比較不容易做到的。

譬如，李清照有一首名為〈夏日絕句〉的詩作：「生當作人傑，死亦為鬼雄。至今思項羽，不肯過江東」，借古諷今，鮮明的表達出自己的人生觀，那就是她認為生而為人活著就該做人中豪傑、為國家建功立業，死也要死得有價值，做鬼中的英雄，其實李清照就是在嚴厲批判只顧自己逃命苟安、不顧老百姓死活的南宋朝廷。這種豪邁的文風以及強烈的愛國之心，即使是在男性的文人中也是少有的。

李清照之所以如此特別，除了她的家庭以及個人天賦、性格等因素，和她所生活的年代也有很密切的關係。

李清照生活於北宋末年以及南宋初年，父母親都是書香門第，家境也很優越。她在少女時代，才女之名（特別是詞名）就已轟動京師。她一生有兩段婚姻，第一段與趙明誠（西元1081—1129年）的結合可謂是神仙眷屬。

據說在趙明誠小時候曾經做過一個夢，夢到自己在朗誦一首詩，醒來之後只記得三句：「言與司合，安上已脫，芝芙草拔」，百思不得其解，便向父親請教，父親笑著說：「這表示我的兒子將來要娶一位懂文詞的婦人呀！」

為什麼會這麼說呢?原來,「言」與「司」這兩個字合在一起就是「詞」;「安」這個字去掉上面的寶蓋頭就是「女」字;然後「芝」與「芙」這兩個字把上面的草字頭拔掉,就是「之」與「夫」,所以這三句連起來就是「女詞人之夫」。

趙明誠出身官宦世家,比李清照大三歲。李清照在十七歲那年嫁給趙明誠,此時趙明誠還只是一個太學生,沒有經濟收入(趙明誠是在婚後兩年左右開始出仕,家中經濟才有所好轉),但結婚之初李清照仍然充分支持丈夫對於金石之學這方面的興趣,盡量節衣縮食,甚至每逢初一和十五就典當衣物,然後和丈夫一起去尋找各種古玩、金石、書畫等等(按今天的概念來說就是去「淘寶」)。

總之,儘管趙明誠的仕途並不順遂,可一點也不影響他們充滿高雅情趣的生活。夫妻倆志同道合，一起終日沉浸在書畫與金石藝術之中，還經常一起出外踏青、一起賦詩吟唱，就這樣相守了近三十年。這應該是李清照一生最幸福的時光。

而趙明誠能成為宋朝著名的金石學家，和李清照的支持與協助也很有關係，因為在兩人結婚六年後，趙明誠之父過世，趙明誠遭到了誣陷，實際上就是一場赤裸裸的權力鬥爭，趙明誠因此被罷官，李清照就隨著丈夫離開京城，回到青州鄉里專心共治金石之學。當然，她自己也沒有放下在詞方面的創作。

一回，李清照作了一首詞，趙明誠在驚嘆之餘發誓一定要作一首超過李清照的詞，於是乎就關起門來苦思冥想寫了三天三夜，寫了大約五十首詞，然後將李清照的詞夾在其中，請文友陸德夫（生卒年不詳）來評價一番。陸德夫在仔細讀過之後說覺得有三句是絕佳，趙明誠忙問是哪三句，陸德夫說：「莫道

不銷魂，簾捲西風，人比黃花瘦」，正是李清照那首《醉花陰》的最後三句。

當然，對於才華橫溢的妻子，趙明誠一直都是非常欣賞，這種大度也是相當難得的。

西元1127年，在李清照四十三歲這年，「靖康之變」發生。北宋滅亡，隨著金兵入據中原，整個國家都處在風雨飄搖之中，他們所有的家產和收藏也都保不住了，更不幸的是在宋室南渡僅僅大約兩年左右趙明誠就病故，這更是給了李清照一個極大的打擊。但也就是因為這樣的經歷，南下後的李清照把兩性情感上的「愁」提升到懷念中原故土的愁，個人的命運與大時代的悲劇遂緊密聯繫在一起，進而大大提升了作品的高度。一般劃分李清照的作品也是以南渡作為一個標誌，分為前期和後期。

李清照後來又有過一段短暫的婚姻（維持了還不到一百天），最後寂寞的死在了江南，享年七十一歲左右。

時至今日，李清照許多名句譬如「花自飄零水自流。一種相思，兩處閒愁」、「此情無計可消除，才下眉頭，卻上心頭」、「雲中誰寄錦書來？雁字回時，月滿西樓」、「生怕離懷別苦，多少事、欲說還休」、「只恐雙溪舴艋舟，載不動許多愁」、「梧桐落，又還秋色，又還寂寞」、「物是人非事事休，欲語淚先流」、「尋尋覓覓，冷冷清清，悽悽慘慘戚戚」等等，都還是那麼能夠深深的打動人心，無怪乎會被譽為是「千古第一女詞人」啊！

清朝興國太后

孝莊文皇后

（西元1613—1688年，清朝初年）

孝莊文皇后是中國歷史上一位有名的賢后，也是清朝初年一位傑出的女性政治家。她的一生，充滿了傳奇色彩。

她非常聰慧，政治敏感度很高，但極為難得的是還擁有一顆仁心，且格局很大，一切作為都是為了國家社稷而不是為了一己之私，這是她之所以能成為中國歷史上極少數女性政治家的關鍵，不少學者甚至稱她為「清朝興國太后」，因為在她人生七十五個年頭當中，最值得稱頌的就是盡心盡力輔佐了清朝初年順治（西元1638—1661年）和康熙（西元1654—1722年）兩位幼主，對於清初朝政的穩定與強盛有著莫大的貢獻。

她本名布木布泰（亦作「本布泰」，意思是「天降貴人」），小名「大玉兒」。她在十三歲那年就出嫁了，嫁給日後清朝的開國皇帝皇太極（西元1592—1643年）。西元1636年，皇太極在盛京（今瀋陽）稱帝，改國號為大清，她也受封為莊妃，又過了兩年，生子福臨，這就是後來的順治帝。

福臨是皇太極的第九子，照說原本稱帝的機會並不大，但由於皇太極長子肅親王豪格（西元1609—1648年）和叔叔睿親王多爾袞（西元1612—1650年）之間為了爭奪皇位彼此劍拔弩張，最後反倒是讓莊妃的兒子福臨漁翁得利。西元1643年，年僅五歲的福臨在多爾袞的支持之下登上了帝位，成為清朝第三位皇帝，同時也是清朝入關之後第一位皇帝，時年三十歲的莊妃也成了太后。

太后與多爾袞之間的故事引起很多人的好奇，在野史中還有所謂「太后下嫁」之說，意思就是說孝莊以此善用了多爾袞的長才，也節制了他的野心。

在福臨即位不久，孝莊就為兒子冊立了皇后。福臨很不喜歡這個皇后，年紀稍長就一直吵著要廢掉她，孝莊在百般安撫都無法改變兒子心意的情況之下，只得在順治十年（西元1653年）、福臨十五歲那年，勉強同意，把福臨原本的皇后降為靜妃，改居側宮，與此同時又為兒子精挑細選了一位漂亮的姑娘進宮為妃，可福臨還是對這位妃子不感興趣。

福臨最愛的妃子是董鄂氏，他們之間的愛情故事是後世很多文學以及影視作品很喜歡拿來發揮的題材，但關於董鄂氏的身分卻有幾個不同的版本，其中一個相當普遍但其實極不可信的版本說董鄂氏就是江南名妓董小宛。總之，由於順治皇帝對董鄂氏用情太深，偏偏董鄂氏在年僅二十二歲的時候就病故了，結果，順治皇帝傷心過度，影響了健康，以至於自己在年紀輕輕二十三歲的時候就走到了人生的盡頭。這一年孝莊四十八歲。

中年喪子，孝莊自然是十分悲痛，但她非常堅強，立即扛起輔佐孫子康熙皇帝玄燁的重任。康熙即位的時候也很小，只有七歲。康熙即位以後，孝莊即被稱為太皇太后。

後來在位六十一年的康熙是中國歷史上的一代明君，而康熙自己曾多次表示，如果沒有祖母的培養與教誨就絕對不會有他的存在。

孝莊讓康熙接受滿漢教育，一方面認真學習漢族的儒家經典，另一方面又拜武藝高強的侍衛苦練騎射技藝，而康熙在兩方面都成績非凡。後世學者認為，就是因為這樣的教育，再加上系統化的學習治國安邦之道，形成了康熙剛柔並濟的性格特點，這對於他日後的執政有著極大的幫助。

孝莊還經常給康熙講當年清太宗皇太極是如何建立大清國的故事，勉勵康熙將來一定要秉承祖先英烈之風，成為一位既有抱負又有強烈責任感，還要有所作為的皇帝。後來康熙果然沒有辜負祖母對他殷切的期望。

在玄燁繼位之初，一回，孝莊當著眾多朝臣的面問玄燁，身為天下之主有何打算？玄燁回答，他沒有別的想法，只希望能夠天下安定，讓百姓安居樂業，共享太平之福。見少年皇帝立志要做一個明君，大家都很高興，這也可以看出孝莊對玄燁的教育是非常成功的。

同時，由於孝莊屬於「言教不如身教」式的教育，一切都盡可能的以身作則，更加贏得孫子和朝臣們由衷的尊敬。比方說，她教育玄燁不應奢華，自己的生活就是十分儉樸；她要求玄燁要懂得為老百姓著想，那麼每逢荒年歉收的時候，她就總是會主動把宮中積蓄拿出來賑災。在孝莊良好的影響之下，玄燁果真成長為一位時時以百姓為念的明君。

此外，孝莊盡心盡力的培養康熙皇帝，而康熙皇帝對祖母的感情也很深，這一點應該也頗讓孝莊感動和欣慰吧。當年順治皇帝福臨為了皇后的廢立問題和母親孝莊產生過不小的隔閡，和母親鬧得很僵，在心愛的董鄂氏撒手人寰之後，甚至還怪罪母親，就連母親生病也不去問候，相比之下，孫兒康熙皇帝玄燁就顯得貼心多了。尤其是在孝莊晚年，康熙皇帝更是處處都流露出對祖母深厚的感情。

譬如，西元1682年春天，二十八歲的康熙皇帝出巡盛京，沿途幾乎每天都派人「馳書」（急速送信）向祖母報告自己的行蹤，並且問候祖母的飲食起居，還會把自己捕獲的新鮮魚貨派人火速送回京城讓祖母嘗鮮；隔年秋天，康熙皇帝陪祖母巡幸五臺山，一碰到有上坡的地方，他就會下轎而去親自保護祖母的轎子；西元1687年年底，當孝莊病危的時候，時年三十三歲的康熙皇帝幾乎沒日沒夜守在祖母的病床邊，親自奉上湯藥，還率領王公大臣步行到天壇去祈禱，請求上天折損自己的壽命，讓祖母再多活幾年。

然而，孝莊終究還是走完了她人生的旅程。在她過世以後，康熙皇帝為她上了一個非常尊崇、讀起來很長的謚號，簡稱「孝莊文皇后」。根據孝莊的遺願，康熙並沒有把她的靈柩運往盛京去與祖父皇太極合葬，而是就葬在父親順治皇帝的陵墓附近，因為孝莊說捨不得離開他們父子，希望靠他們近些。

鑑湖女俠

秋瑾

（西元1875—1907年，清末）

中華民國成立於西元1912年，大家都知道在成立之前經過了很多次大大小小的武裝起義，參與革命的熱血志士幾乎都是男性，很少看到女性，秋瑾則是一個令人難以忘懷的身影。她死於西元1907年，在民國成立的四年多以前。

那年七月，她與徐錫麟（西元1873—1907年）祕密組織光復軍，計畫在浙江、安徽起義。這次的起義行動一波三折，在一連串陰錯陽差的情況之下，外援未至，準備不周，本來成功的機會就不大，但這群革命黨人還是勇敢的行動了。七月六日，身在浙江紹興的秋瑾，得知徐錫麟在安徽安慶起義失敗、徐錫麟次日已慷慨就義的消息時，其實大可試著逃亡，可她拒絕了友人要她趕緊逃亡的忠告，就算她明知被抓的同志中很可能會有人因為熬不住嚴刑拷問而供出自己，還是表示「革命一定要流血才會成功」，然後遣散眾人，自己則留守在他們的基地大通學堂。

秋瑾被捕之後，儘管遭到嚴刑逼供，仍然不肯交代，極力避免還會有同志被清廷順藤摸瓜而被捕，只寫下那句後來非常有名的「秋風秋雨愁煞人」。七月十五日凌晨，秋瑾從容就義，死的時候才三十二歲。

「革命一定要流血才會成功」，這本是「戊戌六君子」之一譚嗣同（西元

1865—1898年）的信念，當初譚嗣同在清廷開始抓捕維新派人士時也是有機會逃走而不逃，秋瑾十分敬佩譚嗣同，結果在他死後九年，她就把譚嗣同的理念又貫徹了一次。

這麼一個奇女子，自然是在年紀輕輕的時候就已經非常與眾不同了。秋瑾出生在福建雲霄，成長在浙江紹興，出身於官宦世家，從小接受良好的教育，且十五歲就能騎馬擊劍，能文能武。最主要的是，她天生有一種豪氣，從她自稱「鑑湖女俠」（這是她用過的筆名）就可見一斑，年少時她就經常以花木蘭、穆桂英等歷史上的女中豪傑自喻，透露出渴望能夠做出一番大事的抱負。

十九歲那年，秋瑾隨父親來到湖南湘潭。不久，當地首富、清代名臣曾國藩（西元1811—1872年）的表弟托人上門為兒子提親。對秋瑾的父親來說，這自然是一樁門當戶對的婚姻，因此欣然許諾。即使秋瑾很不情願，但是在那個

年頭，兒女的婚事都是由父母作主，她實在也是無可奈何。

就這樣，翌年秋瑾就出嫁了。婆家的經濟環境雖然很好，但秋瑾過得並不開心，主要還是因為和丈夫志趣不同、個性不合，比她小兩歲的丈夫仗著家境優越，每天不務正業，只曉得吃喝玩樂。秋瑾經常鼓勵丈夫「天下興亡，匹夫有責」，希望丈夫上進，至少要好好讀書，為將來報效國家做準備，但這番言論丈夫都嗤之以鼻，認為那都是朝廷的事，別管那麼多。

秋瑾在湖南度過了六七年苦悶的時光，生下一兒一女。直到西元1903年，在秋瑾二十八歲這年，婆家花了大錢為兒子捐了一個官職，秋瑾也隨著丈夫來到北京。這是她人生一個很大的轉折點。

剛到北京時，由於人生地不熟，在生活各方面又都不大習慣，秋瑾還曾感嘆「室因地僻知音少，人到無聊感慨多」，不過在稍後結識了一些趣味相同的朋友之後，生活就大不相同了，秋瑾也慢慢萌生出革命的志向與理想。這當然得不到她丈夫的理解，她遭到了嚴厲的訓斥，丈夫說「這些都是男人的事，你一個女人家不要胡思亂想」，但秋瑾就是堅信女人也有救國救民的責任。

西元1904年（也就是在秋瑾就義前三年）的夏天，她自費前往日本留學。秋瑾留給世人一張「標準照」，看上去東洋味十足，手裡還拿著一把刀。秋瑾在日本認識了不少和她一樣的熱血青年，組織起「共愛會」，參加了反清祕密團體「三青會」，還會晤了孫中山（西元1866—1925年）先生和黃興（西元1874—1916年）等人，一起加入同盟會，為了救國救民而積極奔走。

西元1906年，秋瑾兩次大幅擴充了同盟會的會員，不少會員此後都成為同盟會的中堅分子。秋瑾也承擔長江一帶起義的籌備工作。

隔年春天，秋瑾回國。為了聯絡起義行動，她女扮男裝潛往湖南長沙，住

在朋友家裡，人家都稱她為「秋伯伯」。在這期間，她也曾回到湘潭婆家去看望子女。婆家以為她回心轉意，盛情接待，但因為希望他們夫妻倆能夠和好，所以把秋瑾看得很緊，生怕她再次出走。一天，秋瑾藉口出去看戲，然後從後門溜走。秋瑾與婆家、與兒女就此訣別，不到半年，她就為革命事業付出了寶貴的生命。

秋瑾短暫的一生，除了是一位革命志士，還有另外一個值得大書特書的身分就是，她可以說是中國有史以來第一位女權運動者。就在她從日本回國的這一年，為了宣傳婦女解放，激勵廣大婦女也團結起來加入革命，秋瑾決定創辦一份便於普通婦女閱讀的雜誌，叫做《中國女報》，秋瑾為此投入了大量的精力，也在上頭發表了不少散文和詩作。

秋瑾在「敬告姐妹們」一文中說：「唉！兩萬萬的男子，是入了文明新世界，我的兩萬萬女同胞，還依然黑暗沉淪在十八層地獄，一層也不想爬上來……一世的囚徒，半生的牛馬。試問諸位姐妹，為人一世，曾受著些自由自在的幸福未曾呢？」（當時中國的人口大約四萬萬。）

秋瑾鼓勵婦女不要安於命運，不要一心只想依靠男人，要立志先從經濟上獲得自立的能力，擺脫奴隸地位，爭取女權。據說很多女性讀了秋瑾的文章都為之震撼，然後開始思考一些過去從來沒有想過的問題。

《中國女報》在西元1907年三月出版了第二期以後，因為秋瑾忙著籌備武裝起義，再加上資金困難，不得不暫時擱下，其實第三期的內容都已經編輯完成，秋瑾原本希望在六、七月時付印，結果終因七月她的就義而再也無法出版。

然而，即使《中國女報》只出版了兩期，在社會上還是引起了廣大的迴響，也在中國婦女運動史上留下了不可磨滅的印記。

她還留下了《秋瑾集》，裡頭收錄了一百多首詩詞，許多主題都是大力宣揚民主以及男女平等的思想，即使是在今天看來也依然毫不過時。

中國歷史年代表

傳說時代（三皇五帝）

朝代	起止年	本書介紹的名人
夏朝	約西元前2070—前1600年	
商朝	約西元前1600—前1046年	
周朝	**西周** 西元前1046—前771年 **東周** 西元前770—前256年	
春秋	西元前770—前476年	西施
戰國	西元前475—前221年	甘羅
秦朝	西元前221—前207年	
西漢	西元前202—西元8年	緹縈、呂后、王昭君、趙飛燕
新朝	西元8—23年	
東漢	西元25—220年	孔融、曹沖、蔡文姬、班昭、貂蟬

朝代	年代	人物
三國	魏 西元213—266年	王戎
	蜀 西元221—263年	
	吳 西元222—280年	
西晉	西元266—316年	
東晉	西元317—420年	謝道韞、王羲之、顧愷之
十六國	西元304—439年	
南北朝	西元420—589年	元嘉
隋朝	西元581—618年	
唐朝	西元618—907年	吳道子、王維、文成公主、上官婉兒、楊貴妃
五代十國	西元907—979年	
宋朝	北宋 西元960—1127年	方仲永、米芾、穆桂英
	南宋 西元1127—1279年	李清照
遼朝	西元907—1125年	
西夏	西元1038—1227年	
金朝	西元1115—1234年	
元朝	西元1271—1368年	王冕、施耐庵、羅貫中
明朝	西元1368—1644年	唐寅、吳承恩
清朝	西元1636—1911年	蒲松齡、鄭板橋、吳敬梓、孝莊文皇后、秋瑾

問題＋答案＝想引領讀者看見的訊息

企劃◎陳欣希（臺灣讀寫教學研究學會創會理事長）
撰文◎邱孟月、梁淑屏（陳欣希教授研發團隊）

透過提問，我們想引領大家看見「全書編排的邏輯」、「單一篇章的重點」、「相似篇章的異同」、「書與自己的關聯」。

提問範圍，除了「自序」、「目錄」，我們從35篇中挑選5組，如下：

1 〈中國古代好孩子的代表——孔融〉vs.〈善於觀察，正確判斷——王戎〉

2 〈米氏山水的開創者——米芾〉vs.〈詩書畫三絕——鄭板橋〉

3 〈中國章回小說鼻祖、《三國演義》作者——羅貫中〉vs.〈中國諷刺文學的奠定者——吳敬梓〉

4 〈偏愛玄怪故事、《西遊記》作者——吳承恩〉vs.〈談狐說鬼，寄託理想——蒲松齡〉

5 〈自願出塞，民族友好的使者——王昭君〉vs.〈遠嫁吐蕃，促進漢藏文化交流——文成公主〉

提問模式主要原則有三：

1 每組文本會先「各篇提問」再「跨篇統整」；

2 各篇提問一定會讓小孩留意到「篇名」及「首段」「末段」；

3 跨篇統整會有「內容重點」和「書寫特色」的比較異同。

適用方式：

可以是「親子共讀」、「同儕共讀」，也可以是「自我引導」。回答問題，記得還要找出證據，證據通常不只一個！還有還有，若有特別喜愛的問題，記得在問題前畫個＊號！

好問題，有助於讀者理解文本！希望透過這些提問，讓大家讀懂這本書而且喜歡上閱讀思考！

自序&目錄

1. 本書挑選了三十五位風雲人物的故事，分為哪些類別呢？請在（ ）中打✓。

（ ）(1) 神童　（ ）(2) 帝王　（ ）(3) 學問家

（ ）(4) 奇女子　（ ）(5) 藝術大師　（ ）(6) 名臣武將

參考答案：(1)(4)(5)

2. 在自序中，作者建議我們要如何閱讀這本書？請在（ ）中打✓。

（ ）(1) 隨意從標題中挑選有興趣的篇章閱讀，增加閱讀的趣味。

（ ）(2) 按照順序從第一篇開始逐次閱讀，培養清楚的時間概念。

（ ）(3) 先挑選出相似標題的篇章來閱讀，方便比對名人們的差異。

（ ）(4) 找出已經認識的名人先閱讀，比對文本的內容與創作特色。

參考答案：(2)

3. 當我們想要快速得知書中內容時，可以先翻閱「目錄」。從本書的目錄中，我們可以看出作者為風雲人物下標題的依據是什麼呢？請寫出一項，並舉出兩個例子。

例如：異於常人的表現：〈一心六用的神仙童子──元嘉〉、〈自學成才的農民藝術家──王冕〉。

參考答案：

(1) 點出重要著作：〈專心致志、《水滸傳》作者──施耐庵〉、〈偏愛玄怪故事、《西遊記》作者──吳承恩〉。

(2) 重要的事蹟與成就：〈自願出塞，民族友好的使者──王昭君〉、〈遠嫁吐蕃，促進漢藏文化交流──文成公主〉。

中國古代好孩子的代表——孔融（西元153—208年，東漢末年）

1. 孔融能有深植人心的好孩子形象，是因為什麼樣突出的表現呢？

參考答案：四歲時，就能將較大的梨子禮讓給哥哥和弟弟。

2. 孔融的人格特質留給世人最鮮明的印象是什麼？

參考答案：友愛

3. 孔融對太中大夫陳韙說：「想君小時，必當了了。」這是何種態度的表現？

（ ）(1) 純真可愛　（ ）(2) 強詞奪理

（ ）(3) 機智反詰　（ ）(4) 不識大體

參考答案：(3)

4. 文本末段介紹了「覆巢之下焉有完卵」典故，請評估需要放入此段嗎？並說明理由。

參考答案：

(1)需要：寫出相關的歷史典故可以增加閱讀趣味，而且從這段內容看出主角的後代也是聰穎的神童。

(2)不需要：這一段內容跟文章要強調的主角特質沒有太大的關聯。

善於觀察，正確判斷——王戎（西元234—305年，三國—魏晉時期）

5. 哪些選項與文本中提到的「聰明」特質相關？請在( )中打✓。

( )(1) 善於觀察　( )(2) 一心六用　( )(3) 留意細節

( )(4) 歸納分析　( )(5) 勤奮好學　( )(6) 正確判斷

參考答案：(1)(3)(4)(6)

6. 從篇名可以得知，王戎被評為神童的主要原因是年幼就具有「善於觀察，正確判斷」的能力。他是因何事件而得名呢？

參考答案：七歲時，他就判斷出「樹在道邊而多子，此必苦李」。

7. 王戎小時候雖是奇童和神童，但是卻留給世人什麼樣的評價呢？請在( )中打✓。

( )(1) 風流好色　( )(2) 貪利吝嗇

( )(3) 趨炎附勢　( )(4) 好逸惡勞

參考答案：(2)

跨文本比較

8. 孔融和王戎這兩位神童在從政路上遭遇過什麼挫折或危機？他們是如何面對的呢？請仔細閱讀文本後，完成下表。

人物	孔融		王戎
挫折(危機)	袁譚率軍來攻打		天下即將大亂
應對方式		接受懲罰，並替孩子求情。	

參考答案：

人物	孔融		王戎
挫折(危機)	袁譚率軍來攻打	評議時政觸怒曹操	天下即將大亂
應對方式	激戰→敗逃山東	接受懲罰，並替孩子求情。	不理世事，遊山玩水。

9. 在這兩篇文本中，作者提到「小時了了，大未必佳」、「覆巢之下焉有完卵」，以及「卿卿我我」的典故，這些都是出自於哪一本著作呢？

(　)(1)《聊齋誌異》
(　)(2)《三國演義》
(　)(3)《世說新語》
(　)(4)《風雲人物》

參考答案：(3)

10. 在這兩篇文本中，作者在取材方面皆納入主角生平小故事及諺語典故。請推論用意為何？

參考答案：
(1)利用生平小故事作為佐證，增加說服力！
(2)透過小故事與典故，讓文章易讀也提升閱讀的樂趣。
(3)解釋典故來源，讓已有先備知識的讀者印象更加深刻。

第2組 藝術大師

米氏山水的開創者——米芾（西元1051—1107年，北宋）

1. 米芾是北宋最傑出的藝術家之一，他在哪些領域的表現特別突出呢？請在（ ）中打✓。

（ ）(1) 書法　（ ）(2) 繪畫　（ ）(3) 小說

（ ）(4) 詩詞　（ ）(5) 收藏　（ ）(6) 製硯

參考答案：(1)(2)(5)

2. 米芾是北宋四大書法家之一，他的書法造詣如此之高可以歸功於哪些因素呢？

參考答案：(1)天資高 (2)刻苦學習，努力臨摹 (3)寫出自己的風格

3. 「米氏山水」（或稱米派）是中國重要的山水畫派之一，下列何者不是它的特色？請在（ ）中打✓。

（ ）(1) 揮灑自如　（ ）(2) 雄健清新

（ ）(3) 水墨點染　（ ）(4) 注重寫意

參考答案：(2)

4. 仔細閱讀完此篇文本後，請評估標題「米氏山水的開創者—米芾」是否適切？並說明原因。

參考答案：

(1)適切：「米氏山水」的畫風是由米芾所開創的，這個技法影響了中國水墨山水畫的發展，作為標題能凸顯它的重要性。

(2)不適切：因為文中描述山水畫的篇幅只有兩段，而較多的篇幅則是放在說明米芾書法和收藏領域的表現，所以若以「米氏山水的開創者」為標題可能會讓人忽略了其他領域的表現。

詩書畫三絕——鄭板橋（西元1693—1765年，清朝）

5. 哪些因素讓鄭板橋成為「揚州畫派」和「揚州八怪」的代表性人物？請在（ ）中打✓。

（ ）(1) 出身貧寒　（ ）(2) 世家子孫　（ ）(3) 深獲民心　（ ）(4) 品格高潔

（ ）(5) 狂放不羈　（ ）(6) 不落俗套　（ ）(7) 抒發感情、寄託理想於書畫

（ ）(8) 評議時政、諷刺政策於書畫

參考答案：(1)(4)(5)(6)(7)

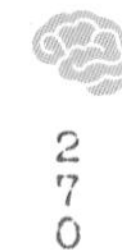

6. 鄭板橋為何能在中國書法史上擁有一定的地位？

參考答案：創造出「六分半書」的獨特書法風格。

7. 鄭板橋是憑藉何者度過貧困的生活壓力與被罷官的不順遂仕途？請在（ ）中打✓。

（ ）(1) 宗教的信仰
（ ）(2) 朋友的支持
（ ）(3) 豁達的胸襟
（ ）(4) 刻苦的性格

參考答案：(3)

8. 本文的末段描述了鄭板橋明碼標價賣畫的例子。請評估是否有必要放入此段，並說明理由。

參考答案：

(1) 需要：因為末段補充説明了前一段，鄭板橋幽默風趣的作品是來自於率真，明碼標價賣畫顯現出他坦蕩大方、毫不矯揉造作的率真。

(2) 不需要：因為文本第四段已提到鄭板橋以賣畫為生，即使省略這一段也不影響文章的完整性。

跨文本比較

9. 請問米芾和鄭板橋從政時期都頗受百姓愛戴、深獲民心的原因為何？請在(　)中打✓。

(　)(1) 為人清高
(　)(2) 認真盡責
(　)(3) 愛民如子
(　)(4) 推行善政

參考答案：(2)(3)(4)

10. 米芾和鄭板橋兩人在書法和繪畫上都有傑出成就，請仔細閱讀文本後，完成下表。

成就＼人物		米芾	鄭板橋
繪畫	畫派	米氏山水	揚州畫派
	題材		
書法	字體		
	風格	1 注重整篇的架構，整體的氣韻把握得很好。 2	1 2 不在意大小一樣、相同模樣，具有繪畫般的美感。

參考答案：

成就＼人物		米芾	鄭板橋
繪畫	畫派	米氏山水	揚州畫派
	題材	人物、山水、梅蘭竹菊和松石。	只畫蘭、竹、石。
書法	字體	行書	六分半書
	風格	1 注重整篇的架構，整體的氣韻把握得很好。 2 用筆迅疾、有精神，給人勁道十足、雄健清新的感覺。	1 將書法和繪畫融合 2 不在意大小一樣、相同模樣，具有繪畫般的美感。

第3組 藝術大師

中國章回小說鼻祖、《三國演義》作者——羅貫中（約西元1330—約1400年，元末明初）

1. 羅貫中被稱為「中國章回小說的鼻祖」，《三國演義》的寫法被許多人所沿用。請問他的寫法有何特別之處呢？請在（ ）中打✓。

（ ）(1) 每回的故事獨立，可隨意閱讀。
（ ）(2) 開頭引開場詩，結尾用散場詩。
（ ）(3) 描寫三國時代風俗人文的特色。
（ ）(4) 引用詩詞曲賦描寫場景或人物。
（ ）(5) 以宏大的結構描寫複雜的活動。

參考答案：(2)(4)(5)

2. 羅貫中被後世尊稱為「中國古代小說之王」，他成功的原因有哪些？請在（ ）中打✓。

（ ）(1) 對歷史資料的熟悉與掌握。
（ ）(2) 寫作題材符合時代的潮流。
（ ）(3) 對歷史人物的深刻揣摩。
（ ）(4) 語言清新，易懂又不俗氣。

參考答案：(1)(3)(4)

3. 請寫出羅貫中是如何創作出《三國演義》的寫作過程。

參考答案：先深入研讀相關資料並廣泛收集故事，最後融合創作出作品。

中國諷刺文學的奠定者——吳敬梓（西元1701—1754年，清朝）

4. 吳敬梓是中國諷刺文學的奠定者，請問哪一本書是他的代表作？請在( )中打✓。

( )(1)《西遊記》　( )(2)《紅樓夢》
( )(3)《儒林外史》　( )(4)《聊齋誌異》

參考答案：(3)

5. 承上題，此書與《水滸傳》、《三國演義》、《西遊記》等名著迥然不同之處為何？

參考答案：以現實主義為基礎；以諷刺為美學追求。

6. 吳敬梓出生於官宦之家，卻不願涉足官場的原因是什麼？請在( )中打✓。

( )(1) 個性淡泊名利　( )(2) 妻子極力反對
( )(3) 朋友屢次勸阻　( )(4) 父親為官遭遇

參考答案：(4)

7. 《三國演義》和《儒林外史》這兩本書皆對人物有深刻的描述，請仔細閱讀文本後，完成下表。

書名	人物取材
《三國演義》	1 歷史人物 2
《儒林外史》	1 科舉掙扎的讀書人 2 3

參考答案：

書名	人物取材
《三國演義》	1 歷史人物 2 塑造人物
《儒林外史》	1 科舉掙扎的讀書人 2 虛偽的自命名士之流 3 趨炎附勢的勢利小人

8. 羅貫中和吳敬梓這兩位藝術大師在文學創作上有哪些共同的特色呢？

參考答案：

(1)除了小說之外，還有許多大量的創作。例如：羅貫中─詞曲、樂曲與樂府隱語；吳敬梓─詩歌、散文和史學研究。

(2)小說創作題材跟生活境遇有關。例如：羅貫中─動盪亂世；吳敬梓─當時社會的現況。

9. 哪一篇文本的末段內容較吸引你？請說明理由。

參考答案：

(1)〈中國章回小說鼻祖、《三國演義》作者─羅貫中〉：在末段總結他的創作特色與重要成就，能讓讀者快速掌握到重點。

(2)〈中國諷刺文學的奠定者─吳敬梓〉：點出他的個性特質與晚年生活，讓讀者為這位堅持做自己的藝術大家留下唏噓嘆息。

第4組 藝術大師

偏愛玄怪故事、《西遊記》作者——吳承恩（西元1506—約1583年，明朝）

1. 吳承恩的父親對他有哪些方面的影響？請列舉出兩個原因。

參考答案：(1)開闊視野(2)鍛鍊毅力(3)閱讀喜好

2. 吳承恩在創作《西遊記》的過程中，曾經因為發生哪些事情而中斷創作？請在( )中打✓。

( )(1) 身體病痛　( )(2) 經濟匱乏

( )(3) 遭受誣告　( )(4) 母親病故

( )(5) 考試壓力　( )(6) 與長官不合

參考答案：(3)(4)(6)

3. 吳承恩以神話鬼怪故事抒發憤懣之情，並寄託理想的原因為何？請在( )中打✓。

( )(1) 科舉不順

( )(2) 工作不順

( )(3) 家庭不和

( )(4) 戰爭不斷

參考答案：(1)

談狐說鬼，寄託理想——蒲松齡（西元1640—1715年，清朝）

4. 請寫出蒲松齡的《聊齋誌異》書名之涵義。

聊齋：＿＿＿＿＿＿＿＿

誌：＿＿＿＿＿＿＿＿

異：＿＿＿＿＿＿＿＿

參考答案：
聊齋：蒲松齡書屋的名稱。
誌：記載；異：奇異、奇特的故事。

5. 《聊齋誌異》被譽為「中國成就最高的文言短篇小說集」，請仔細閱讀文本後，完成下表。

創作時程	＿＿＿＿開始撰寫，＿＿＿＿完成，再花費＿＿＿＿年增補修訂。
素材來源	1 自己的想像力 2 3 4 古人書籍故事
寫作手法	1 運用唐朝傳奇小說的文體 2 3

參考答案：

創作時程	20幾歲開始撰寫，40歲左右完成，再花費30幾年增補修訂。
素材來源	1 自己的想像力 2 民間傳說 3 稗官野史 4 古人書籍故事
寫作手法	1 運用唐朝傳奇小說的文體 2 以談狐說鬼的手法，針對社會問題進行批判。 3 寄託情感與期待於文章中，充滿浪漫主義的色彩。

6. 《聊齋誌異》這本書在蒲松齡過世前未能出版的原因為何？請在（ ）中打✓。

（ ）(1) 家貧無力印行

（ ）(2) 擔心印行惹禍

（ ）(3) 尚未完成著作

（ ）(4) 無人願意印製

參考答案：(1)

跨文本比較

7. 吳承恩和蒲松齡的人生境遇有許多相似處，以下敘述何者正確，請在(　)中打✓。

(　)(1) 皆於年輕時高中秀才
(　)(2) 科舉考試屢遭遇挫折
(　)(3) 均擔任過歲貢生職務
(　)(4) 晚年生活皆過得貧苦

參考答案：(2)(3)(4)

8. 吳承恩的《西遊記》和蒲松齡的《聊齋誌異》皆寄託了自己的理想，分別是什麼呢？請仔細閱讀文本後，完成下表。

人物	寄託的理想
吳承恩	
蒲松齡	

參考答案：

人物	寄託的理想
吳承恩	透過科舉考試，想要成為一個清廉的好官。
蒲松齡	對美好生活的期待：希望能夠透過科舉考試出人頭地。

9. 請寫出這兩篇文本在末段內容的安排有哪些相同的地方？

參考答案：皆補述說明他們除了代表作之外，還有其他的著作。

第5組 奇女子

自願出塞，民族友好的使者——王昭君（約西元前52—前19年，西漢）

1. 請問王昭君的名字「昭君」一詞有何含義？

參考答案：象徵漢皇光照匈奴。

2. 請推論王昭君為何自願遠嫁匈奴？

參考答案：想要為鞏固邊塞和平盡一份力量。

3. 王昭君為了政治聯姻做了哪些準備呢？請在（ ）中打✓。

（ ）(1) 學習彈奏琵琶的技巧
（ ）(2) 鍛鍊出精湛的舞藝
（ ）(3) 蒐集文學藝術作品
（ ）(4) 積極學習說匈奴話
（ ）(5) 了解匈奴風俗習慣

參考答案：(1)(4)(5)

4. 王昭君臨死前特別交代要葬在歸化郊外，並指定墳墓的方向一定要朝南的理由是什麼？請在（ ）中打✓。

（ ）(1) 此方向的風水最好　（ ）(2) 能夠遙望自己故鄉

（ ）(3) 證明對匈奴的友好　（ ）(4) 表示對漢朝的忠誠

參考答案：(2)

遠嫁吐蕃，促進漢藏文化交流——文成公主（西元625—680年，唐朝）

5. 吐蕃松贊干布的和親過程歷經波折才順利讓唐太宗點頭答應。請用數字1．2．3．4將事件的經過進行排序。

（ ）主動遣使謝罪並積極求取和親

（ ）揚言若唐朝拒絕和親就攻打之

（ ）正式遣使攜帶珍寶向唐朝求婚

（ ）使者參與比賽完成六難的測驗

參考答案：3 2 1 4

6. 文成公主對於藏族的進步，尤其是農牧業方面的貢獻卓著。請問過程中她協助完成了什麼技術？請在（ ）中打✓。

（ ）(1) 星象與氣候觀測　（ ）(2) 文字和曆法制定

（ ）(3) 養殖和耕種技巧　（ ）(4) 紡織和釀酒技術

參考答案：(2)

跨文本比較

7. 王昭君自願出塞匈奴和文成公主遠嫁吐蕃的共同原因是什麼？

參考答案：對方主動提出和親要求

8. 根據文本中對王昭君和文成公主的描述內容，請連連看。

王昭君・
文成公主・

・促進漢藏的文化交流
・維持唐蕃長期的友好
・是為民族友好的使者
・帶入農業生產的技術
・將匈奴文化帶回中原
・將大唐文明帶入吐蕃

參考答案：

王昭君	是為民族友好的使者
王昭君	帶入農業生產的技術
文成公主	促進漢藏的文化交流
文成公主	維持唐蕃長期的友好
文成公主	將大唐文明帶入吐蕃

- 促進漢藏的文化交流
- 維持唐蕃長期的友好
- 是為民族友好的使者
- 帶入農業生產的技術
- 將匈奴文化帶回中原
- 將大唐文明帶入吐蕃

9. 在這兩篇文本中，作者皆加入軼事內容。請推論原因為何？

參考答案：透過流傳的軼事，增加閱讀文本的趣味與提升讀者興趣。

（補充說明：前者說明王昭君的個性特質，讓人理解她為何自願和親；後者說明和親過程的波折，讓人理解松贊干布對文成公主的重視。）

動動腦 想一想

1. 閱讀完這些神童、藝術大師和奇女子的故事後，我們不難歸納出要成為傑出的人物須具備的特質。觀察一下周遭的人們，誰具備這樣的特質呢？請舉出兩個例子來證明。

2. 如果我們想要更深入了解某位風雲人物的故事或作為，可以運用哪些方法找到相關的資料呢？

3. 閱讀這些風雲人物的故事對我們有什麼幫助呢？請舉出一個在生活當中運用的例子。

國家圖書館出版品預行編目資料

風雲人物：100位名人召集令3／管家琪文；
顏銘儀圖. -- 初版 . -- 臺北市：幼獅，2019.08 -
冊； 公分. --（故事館；62-）

ISBN 987-986-449-166-7 (平裝)

863.59 108007528

故事館062

風雲人物：100位名人召集令 3

作　　者＝管家琪
繪　　者＝顏銘儀
出 版 者＝幼獅文化事業股份有限公司
發 行 人＝李鍾桂
總 經 理＝王華金
總 編 輯＝林碧琪
主　　編＝林泊瑜
編　　輯＝謝杏旻
美術編輯＝李祥銘
總 公 司＝10045臺北市重慶南路1段66-1號3樓
電　　話＝(02)2311-2832
傳　　真＝(02)2311-5368
郵政劃撥＝00033368

印　刷＝崇寶彩藝印刷股份有限公司
定　價＝260元
港　幣＝87元
初　版＝2019.08
書　號＝984240

幼獅樂讀網
http://www.youth.com.tw
e-mail:customer@youth.com.tw
幼獅購物網
http://shopping.youth.com.tw/

行政院新聞局核准登記證局版臺業字第0143號